ベリーズ文庫

俺様御曹司のなすがまま、激愛に抱かれる
～偽りの婚約者だったのに、甘く娶られました～

高田ちさき

JN250235

STARTS
スターツ出版株式会社

目次

俺様御曹司のなすがまま、激愛に抱かれる
～偽りの婚約者だったのに、甘く娶られました～

第一章　私を抱いてください

鳴り響くウエディングベル。秋晴れの空を舞う、美しい白いブーケ。

人生の最高の一日を切り取った一場面。

そんな中、私、飛鳥未央奈《あすかみおな》は、最低の気分で最上級のつくり笑顔を浮かべながら立っていた。

女性にしては高めの身長百六十九センチ。いつもは低めのヒールで目立たないようにしているけれど、今日ばかりは十二センチのピンヒールを履いて背筋をばっちり伸ばした。百八十センチを超え、周囲から頭ひとつ出ているけれど気にしない。

ピンクベージュを基調とした大きめのレースにチュール素材を重ねたドレスは、今日のために選びに選び抜いた、いわば私の戦闘服だ。

髪をセットし、パールのイヤリングとネックレスで飾り立て、十人並みの普通の顔を今日ばかりはなんとか美しく見えるように時間をかけてメイクした。

弱い自分を一瞬たりとも見せないように。

自分を裏切った男と、彼氏を奪った後輩の結婚式なのだから、笑顔で立っているだけでも褒めてもらいたいくらいだ。

しかしそんながんばりを笑うかのように、投げられたブーケが見事、私の目の前に飛んできた。

一瞬『無視しようかな』という考えが頭をよぎったが、それでは余計に注目を浴びかねない。ただでさえ事情を知る数名は、私に哀れみの視線を向けてきている。

新婦の悪意の塊のようなブーケが、バサッと音を立てて私の手の中に収まる。

新郎と新婦が「あはは」と声をあげて笑っているのを目の端で捉えた。

私、そんなに悪いことした？

裏切ったのは男の方だ。奪った女は勝ち誇った顔で結婚式に招待してきた。どこからどう見ても自分が被害者なのに、なぜこんな二次被害を受けなくてはいけないのだろうか。

祝福なんて胸の中にひと欠片《かけら》もない。その代わり、悔しさが胸いっぱいに渦巻いている。

こんな思いをしてまでここにいる理由は、ただ〝負けたくない〟という気持ちがあるからだ。

私のいいところであり、悪いところでもある〝負けず嫌い〟の性格がこんな場面でもいかんなく発揮されている。

腹立たしさは奥歯を噛みしめて耐え、変わりに顔を上げて極上の微笑みを周囲に見せつけた。

そんな私のもとに、事情を知らない司会者がやって来てマイクを向けた。

「ぜひご感想をお聞かせください」

ちらっと花嫁の方を見ると、笑みを浮かべこちらを見ている。これまでなにをされても相手にしなかったせいで、私に対する嫌がらせがエスカレートしてきている。

あの様子を見るとブーケもわざとこちらに投げてきたようだ。

これまでなぜ私が黙ってきたと思う？　何事もタイミングが大切なのよ。

私は意味ありげに新郎新婦に笑みを向け、口を開いた。

「おふたりとも、ご結婚おめでとうございます。ふたりの幸せそうな顔を見ていると私も自然と笑顔になります。私、ちょうど浮気癖のあるゴミみたいな彼氏と別れたばかりなので次こそは幸せになりますね」

マイクを持つ司会者がぎょっとした顔をする。しかしさすがプロだ。すぐにフォローを入れた。

「あ、え～と、そうだったんですね。でもこの幸せのブーケが次はきっと素敵な恋を運んできてくれますよ」

　引きつった顔の司会者には申し訳ないと思うが、もう一発爆弾を落とす。

「そうだといいですが、あ、新婦の有紀《ゆき》さん。あなたの隣にいる男、靴下は丸まったままで洗濯機に放り込むし、魚は骨取ってあげないと食べられないし、実はお母様をまだ〝ママ〟って呼んでるけど――」

「おい、未央奈っ」

　それまで笑っていた新郎が焦って止めに入ろうとする。

　あ～あ、私の名前呼んじゃったけど大丈夫かな？

　慌てている様子が伝わってくるが、しかし距離があるゆえ制止もできない。

　その間に私は意気揚々と会場を見渡し、声をあげた。

「付き合っている彼女がいても、ほかの女を愛せるくらい愛情豊かな人なので、せいぜいふたりで幸せになってね」

　この日一番の笑みを浮かべた私は、慌てている司会者に「場を乱してごめんなさい」と謝ってマイクを渡し、弾む足取りで式場の中庭を後にした。

　背後から「待ちなさいよー！」という新婦の悲痛な叫び声を聞いても、当然無視して歩き続ける。心臓はバクバク音を立てているけれど、後悔はない。

エレベーターを降り、エントランスに出るとすぐにごみ箱が目についた。

近づいて手にしていたブーケを捨てようとした……けれどしばし躊躇した後、捨てずに歩き出した。

「それ、捨てないのか？」

「え？」

いきなり背後から話しかけられて振り向く。そこに立っていたのは、思わず目を奪われるほど極上の男性だった。

身長は十二センチヒールを履いている私よりも大きく、百八十センチ代後半くらいだろうか。長身を包むスーツは彼の体にフィットしており、見るからに仕立てたものだとわかる。色味はチャコールグレーで形もシンプルだが、華やかな人が行き交う高級ホテルのロビーでさえ彼のその着こなしはワンランクもツーランクも上に見える。

そしてなによりも左右対称で整った顔立ちは、ともすれば冷たい印象を与える。にもかかわらずこちらに向けている視線には、私に対する興味が満ちていた。

「だから、そのブーケ捨てないのか？」

思わず見とれてしまっていた私に、相手は再度尋ねる。

「あぁ、これ。だって考えてみたら、この花にはなんの罪もないもの」

「あんなさらし者にされたのに？」

どうやら結婚式の参加者のようで、このブーケが私のもとにやって来た経緯を知っているようだ。

「そうだとしても！　この花にまで悲しい思いをさせたくないって思ったの」

このブーケを捨ててしまったら、自分が嫌いになりそうだった。今日の自分の行動を後悔はしていないが、正しい行いだとは思っていない。

だからこそたとえそれがどんなものであったとしても、罪のないものに八つあたりをしたくなかった。

「なるほどな、おもしろい。これからの予定は？」

どう考えても暗い気持ちになる結婚式の後に、予定なんて入れるはずがない。

「帰ってビール飲んで寝るだけ」

素直にそう答えた。

「だったら、その時間俺にくれないか？」

「はぁ？」

うさんくさいと思いながら男の顔を見る。しかし私の非難めいた視線を浴びて、男はなお笑みを深めた。

「ひとりで飲むよりいいだろ。来いよ」

男は私が〝行く〟とも〝行かない〟とも答えていないのに、さっさと歩き出す。そのままにしておくわけにもいかず、気がつけば彼の後を追っていた。

エレベーターに乗せられて連れてこられたのは、最上階のオーセンティックバー。中に入るとカウンター席とテーブル席があり、男性がカウンターに座ったのを見て隣に座った。

正面の棚には、バックライトで照らされた色とりどりの酒瓶がずらっと並んでいる。どれもあまりなじみのないものだ。

カウンターは飴色に輝いており、もちろんコップの跡なんてものはひとつも見あたらない。

じっくり店内を見回していると、五十代くらいの白髪のバーテンダーがすっと私たちの前にやって来た。

「俺は、いつもの。君はどうする？ ビール？」

彼のなじみの店らしく、慣れた様子で早速注文をした。

「いえ、せっかくなのでなにかおすすめを」

「どういったものがお好みですか？」

バーテンダーが、私の方へ視線を向け丁寧に尋ねた。

「ん……と、少し酔いたい気分なのでアルコール度数は高めで、さっぱりしたものがいいです」

好みを告げると、バーテンダーは連れの男に〝大丈夫か？〟という意図を込めた視線を向けた。きっと私が酔いつぶれるのではないかと心配しているのだろう。

「問題ない、作ってやって」

「かしこまりました」

一礼をしたバーテンダーが、早速シェイカーを手にした。

その様子を、私たちは言葉を交わさないでただ黙って見ていた。

そう時間を置かずにふたりの前にグラスが並ぶ。男性の前に置かれたのは琥珀色の液体。ウイスキーやブランデーだろうか。

私の前にはカクテルグラスに入った白いカクテルが置かれる。

「こちらは、〝ホワイト・レディ〟になります」

「なるほど。まぁ、ある意味そうかもな」

隣の男性が意味ありげにくっと笑う。バーテンダーはさっとその場を辞し別の客のもとに向かう。

「なにが、なるほどなんですか？」

「このカクテルの意味は〝純心〟。ピュアな心」

「あはは、残念だけど私にはまったく合わないカクテルですね」

純心な心の持ち主が、同僚の結婚式をぶち壊すなんてありえない。

自虐的な笑みを浮かべて、真っ白い液体の入ったカクテルグラスのステムに手をかけた。

「そう？　純心だったから傷ついていたんじゃないのか？」

男が意味ありげな視線で「どうぞ」と言い、ロックグラスに口をつける。

私は返事をせずにひと口飲んだ。レモンのさわやかさの中に甘さも感じられる。

「おいしい」

「それはよかった」

男はグラスにつけた唇をわずかに持ち上げて笑った。

「それで気持ちよく酔えそうか？」

グラスを置いて、男は私の顔を覗《のぞ》き込む。

「どうだろう。あの……知ってるんですよね。今日の出来事」

「あぁ、あんな愉快な結婚式は初めてだ」

「人の不幸を……でも、まあ。おもしろがってくれる人がいる方がまだいいか」

本来ならばひとりでやけ酒をあおっているはずのこの時間に、ウイスキーの似合ういい男が隣にいる。今はたとえ行きずりだとしても、彼の存在をありがたいと思う。

「かっこよかった。思わず口笛を吹きそうになるくらいには」

「そんないいもんじゃないですよ、実際は」

「俺に話してみる？」

「名前も知らない相手に？」

「俺は、御杖大輝《みつえたいき》。これでいい？」

さらっと答えた彼は、ニコッと笑った。その軽い感じにつられて笑ってしまう。

「十分ですね。私は飛鳥未央奈よ」

初対面の相手に愚痴るような話ではない。けれどふたりの間に特別話題があるわけではないし、それに……誰かに思いきり心の内を聞いてもらいたかった。

大きく息を吐いてから、今日にいたるまでの話を彼に聞かせた。

私が働くのは『株式会社リッチロンド』。都内近郊に複数の飲食店を構える大手の外食企業だ。入社してすぐに運営するチェーン店のカフェに配属され、四カ月前にやっと希望していた本社の企画部に異動になった。

今日の新郎の大淀慶《おおよどけい》とは同期入社だった。どちらが告白したとかいう事実もなく、気がつけば付き合っているような状態だった。二十五歳の頃から付き合いだして二十九歳になり今年で四年。そろそろ結婚という話が出るだろうかと思っていた矢先、彼に聞かされたのはほかの人と結婚するというまさかの笑えない話だった。

しかもそれが後輩の吉野《よしの》有紀だと知ったときには、思わず『近場でなにをしているの？』と心の中で毒づいた。

「まぁ、よくある話でしょ？」

私の問いかけに御杖さんはなにも言わずに、小さく笑ってみせる。

「ほんと最悪、『お前は俺がいなくてもやっていけるだろ』って、そんなのあたり前じゃない。大人なんだから」

私は仕事が好きだ。自分の面倒は自分で見られるし、欲しいものも食べたいものも自分で手に入れることができる。それのどこが悪いのか。

少々興奮してしまった。少し落ち着くために目の前のホワイト・レディを飲み干すと、おかわりをバーテンダーに頼む。

「それだけならまだいいわよ。吉野さんってば……」

二年後輩の吉野さんは、よく言えば要領がよく、悪く言えば面倒ごとは徹底的に避ける仕事スタイルだった。私も自分が他人にとやかく言えるほどできた人間じゃないのはわかっているので普段はスルーしてきたが、それでもなにか問題になれば都度注意をしてきた。

そんな私をうるさく思っていたらしい吉野さんは、慶との結婚が決まった途端わかりやすくマウント行為を取ってきたのだ。

慶とののろけ話をわざと聞こえるようにしたり、三十手前で男に捨てられたとここそ私を揶揄《やゆ》したり。

その程度であれば我慢ができたが……結婚式の招待状を手渡ししてきた際に言われたひと言に、怒りが頂点に達した。

「先輩の代わりに、かわいい花嫁になりますねって」

「あはは、それはひどいな」

それまで時折うなずくだけだった御杖さんも、さすがに驚きで黙っていられなかったようだ。救いなのは笑ってくれたこと。かわいそうだなんて思われたくない。

思い出すだけでイライラする。

目の前に差し出された二杯目のホワイト・レディに手をかけ、ぐいっといきそうになったのを改めてゆっくり味わった。やけ酒にするにはいいお酒すぎる。楽しまないともったいない。

「そんなふうに言われてどれくらいかわいいか、見てやろうって参加したらこれですよ」

隣の椅子に置いてあるブーケにちらっと視線を移した。

「なるほど。それであのマイクパフォーマンスになったわけか」

「私だって別にあそこまでするつもりなんてなかったんです。自分のプライドだけで今日の式に参加したんで。でもブーケが私のところに飛んできたときに、自分だけ我慢し続けるのがバカらしくなって……それで、それで、全部ばらしちゃった」

ばらしたといっても社内でも多くの人が知っている事実だ。まああのタイミングで言うべきではないが。

「いいんじゃないのか、俺は楽しめた。それに――」

私は御杖さんの言葉の続きが聞きたくて、視線で促した。

「傷ついてるって言わないと、誰にも気がついてもらえないぞ」

「……傷ついてなんて」

「ない？　本当に？」

覗き込むようにして聞かれて、つい本音が涙になって目に浮かんできた。

「ううん、本当は傷ついてる。どうして浮気する前に、私のダメなところ言ってくれなかったのか。そもそも話し合いができる関係ですらないと思われていたのも悲しかった。それになんでわざわざ次の彼女が後輩だったのかとか、ただひとつの恋が終わっただけなのに、後輩にはバカにされ、周囲からも腫れ物に触るみたいに扱われて――」

マシンガンのごとく言葉があふれてくる。呼吸をととのえた瞬間、ポロリと涙がこぼれ落ち慌てて手で拭う。これまで誰にも言えなかった本音が、ひとたび口をついて出ると止まらなかった。

「私だけが悪かったの？　こんなひどい思いをするほど、なにをしたっていうの？」

恋愛が破綻するのは、どちらか一方だけが悪いとは思っていない。けれどそれにしても、この仕打ちはあんまりなのではないかと思う。

慶と付き合ってきた日々がなんだったのかと考えたら虚しくなった。

「よくがんばったな」

御杖さんが私の背中をポンッと叩いた。その手が思いのほか温かくて、荒《すさ》んだ心が癒された。うつむけていた顔を上げて、涙を拭う。

「そうです。私がんばりました。だから今日はたくさん飲む！」

負の感情をいつまでも持っていたくない。今日ですべて過去のものにしたい。

「それはいい考えだ。なにか別のものを作ってもらう?」

「はい」

泣き笑いのひどい顔だろう。しかし御杖さんが私に向ける視線にはいたわりがこもっている。

「今日は最後まで付き合ってください」

「ああ、望むところだ」

出会ったばかりの、しかし居心地のいい男にそう宣言した。

互いに新しいグラスを掲げて「乾杯!」と声をあげ、そこから杯を重ねた。

「あ〜あ、いい気持ち」

ホテルにある屋上庭園。いい感じによっぱらった私は、酔いをさまそうとふらふら歩いている。その危なげな足取りの私のうしろを、御杖さんが見守るようについていた。

八月の屋上庭園には、日が落ちても熱気が残っている。木々が夜風になびき、さわさわと音を立てた。昼間人の多い時間だと聞こえない心地よい音に耳を澄ませる。

緑の中に身を置いているおかげで、それほど暑さを感じずにいられた。

目の前に広がるのは、東京《とうきょう》の夜景。これまで何度も見てきたはずなのに、一度として同じ瞬《また》きがないのだと思うと不思議な感じがした。

「少し落ち着いた？」

「え、はい」

そう笑みを浮かべつつ返事をしたものの、ちゃんと笑えていない私に御杖さんは眉尻を下げて笑う。

「なんだ、強がりか」

「ばれましたか？」

またもや笑ってごまかす。

「まあ、酒くらいで忘れられるなら、今日みたいにはならないだろうな」

私の頭に御杖さんが、大きな手を置いた。そして優しくなでる。今日会ったばかりの相手なのに不思議と嫌ではなかった。

それは御杖さんが、稀《まれ》に見るいい男だからかもしれない。

ジャケットを脱いだ彼はベストを身に着けていて、彼の体にフィットしておりきちんと仕立てたものだというのがわかる。決して筋肉質ではないのにしっかりとした体つきが男ぶりを上げている。

それになにより端正な甘いマスクは周囲の目を引く。光の加減によってはわずかに茶色に見える整った髪。吸い込まれそうな綺麗《きれい》な目。笑うと目じりにしわができるのもまたいい。鼻筋の通った高い鼻、上品な薄い唇。そこから奏でられる色気のある少し低めの声も、耳に心地よい。

ごく近くに寄れば気づく、ウッディだけどどこかスパイシーな香水の匂い。

視覚で聴覚で、そして臭覚でも、彼がいい男だというのを感じる。

最初に出会った瞬間よりも、数時間一緒に過ごした今、ますますその稀有《けう》な美丈夫ぶりに思わず見とれた。

「なに俺の顔じっと見てるんだ」

「ごめんなさい、綺麗な顔だったもので。つい」

酒に酔っているせいか、素直な感想がポロッと口からこぼれる。

「俺の顔が気に入ったのか？」

彼が誘惑するように、色気たっぷりの笑みを浮かべる。

「嫌いな人なんていますか？」

女性に限らず男性だって虜にしかねない姿だ。

「そう？　だったら嫌なこと忘れるために、俺に抱かれてみる？」

「え……」

突然の提案に私は目を見開き、彼の顔を見つめる。

「冗談……ですよね？」

「いや、わりと本気。俺に抱かれた程度じゃ忘れられる保証はないけど、試してみる価値はあるんじゃないのか？」

なんて暴論なの？

そう思ったが心は揺れる。初対面の男にベッドに誘われて迷うなんて、今までの私の人生では一度もなかった。はっきり迷う余地なくお断り案件だ。

それなのに今心の中では、〝YES〟〝NO〟が渦巻いている。

彼から視線をはずして、足もとを見る。

御杖さんはその態度で私の胸の内を把握したようだ。

「迷うならやめておこう。下まで送る」

しかし気がつけば私は、歩き出した御杖さんのシャツを掴《つか》んでいた。

「あっ、いや。あの、これは」

自分の行動に驚き、あたふたする。そんな私に彼は甘く微笑んだ。

「行く？　俺、据え膳はきっちりいただく最低な男だけど」

「うぅ……」

本当にそうなのかもしれない。けれどひどい男ならそんなこと言うだろうか？

それになにより、最低な一日をこんな気持ちのまま終えたくなかった。

目をあちこち泳がせながら、私は酔った頭をフル回転させる。

御杖さんは、私がシャツを握っている手を引き離し、ぎゅっと握りしめた。

「自分で決めるんだ。ちゃんと自分の口で言って」

まっすぐに見つめてくるその形のいい目に、吸い込まれそうだ。胸がドキドキして体が疼《うず》く。

このやり取りは、すでに情事の始まりだった。

「私を、今すぐ抱いてください」

意を決し、顔を上げ言葉にした。それまで感じていた風の音や都会の喧騒なんて一ミリも聞こえない。ただ自分の心臓の音だけが胸に響く。

御杖さんはわずかに目を細めて、そんな私を見下ろしていた。

そこから先はなにがどうなってここまで来たのか、極度の緊張と胸の高鳴りであまり記憶がない。気がつけばホテルの最上階にあるスイートルームの中にいた。部屋は革張りの大きなソファがあるリビングルーム。その奥には立派な十人掛けのダイニングテーブルが見える。調度品も見るからに高級で気品があり、この部屋のどこを探しても指紋のひとつも見あたらないほど綺麗に磨き上げられていた。

こんな部屋をすぐに用意できるなんて、どんな人なんだろう？

ここまで来て、今さらながら気になる。

「あの、こんな豪華な部屋、急だったのに大丈夫だったんですか？」

なるべく失礼のないように尋ねてみる。初対面の私にあまり素性を知られたくないかもしれない。

「あぁ、俺、このホテルの関係者だから。そう難しいわけじゃない」

さらっと言ってのけたが、一般社員が簡単には手配できないだろう。そのくらい私にでもわかる。

東京の夜景が一望できるほどの大きなガラスには、豪華さにあっけにとられる私と腕時計をはずしている御杖さんが反射して映っていた。

しっかりしなきゃ。

自分の意志でここに来た。主導権は私にもある……はず。

しかし慣れないスイートルームに自分が場違いな気がして、すでに気持ちで負けている。御杖さんがいっさい焦りを見せず、いたって余裕に振る舞うからなおさらだ。

「なにか飲む？」

「い、いいえ」

ぶんぶんと頭を左右に振っていらないと伝える。そんな様子の私を見た御杖さんは、バーカウンターの奥にある冷蔵庫からミネラルウォーターを取り出し飲み始めた。

「そんなに緊張しなくていいのに」

「む、無理です。なんでそんな余裕なんですか？　せめて私の緊張半分くらいもらってください」

私の自分勝手な言い草に、彼は声をあげて笑う。

「緊張はもらってやれないが、忘れさせてやる」

彼が私の手を引いた。抱き寄せられて逞《たくま》しい腕に包まれる。

「い、いきなりですか？」

「こういうのは勢いが大事だ。そうだろう。今になって怖気づいたのか？」

「そんなはずない。あなたこそ、そんなに焦らなくてもいいじゃないですか？　付き合ってほしいとか結婚してなんて面倒を言わないから、今だけゆっくり味わえばいいのに」

　私だって今さら帰るつもりなんてさらさらない。しかし気持ちはそう簡単に割りきれるものではない。自分から『今すぐ抱いて』なんて言っておいて往生際が悪い。

　でも——。

「あの、じゃあシャワーを」

「いらない」

　いや、私がいるんです！　そう言いかけた言葉は口にできなかった。

「んっ……あっ」

　彼の唇が私のそれを塞いだ。

　いつまでもぐだぐだ言い訳を繰り返す私を黙らせるには、一番早い方法だ。私は驚いてぽかんと彼を見る。

　薄く開いた唇を狙い、もう一度キスをしてくる。今度はさっきみたいに触れるだけでなく、吐息さえも奪うほどの熱いキスだ。あたり前のように私の唇を彼の舌が割って入って、我が物顔であちこちと暴れ回る。その強引さは今怖気づいている私にとってはありがたいものだった。

「んっ……ん」

呼吸をするたびに甘い声が漏れる。自分の声に羞恥心を煽《あお》られて、体の芯が疼く。

彼を受け入れているという意思表示のために、自分からも舌を絡ませた。彼はその意味を的確に受け取り、私をキスでとろけさせた。そして彼の大きな手のひらが私の体の形を確かめるように動き始める。

服の上から触られているだけなのに、意志を持ったその手は私の感情を確実に高ぶらせていく。

夢中になってキスに応えていると、そのままゆっくりとソファに座らされ背もたれと彼に挟まれた。

かき混ぜられて乱れた髪を、彼が長い指を使って整える。

「あの、ここで?」

「あぁ。ダメ?」

覗き込まれたその瞳には、情欲の色がありありと浮かんでいる。近づいてきた彼が耳もとに唇を寄せ息がかかる。

私がビクッとしたのを見て、彼は低く含み笑いをする。

「君も俺も、移動するのももったいないくらい興奮してる。だからベッドは二回目に取っておこう、三回目はそうだな、バスルームもいいかも」

「な、何回するつもり⁉」

生々しく言われて顔に熱が集まる。発火しているかのように熱い。

その頬を彼の男らしい手のひらが包み込む。

「君がなにもかも忘れて、俺だけ欲しがるようになるまで」

言いきると同時に、彼は激しいキスを私にしかけてきた。十分熱くなっていた体がもっと熱を持つ。

スカートがたくし上げられると同時に、ワンピースのファスナーが下ろされた。なんて器用なんだと感心していたのは一瞬で、ひっくり返されソファの上に膝立ちになるとそのまま肩からワンピースの袖を抜かれて、膝まで落とされた。そこまでくれば身に着けていないのも同様だ。

彼はそのまま私の背中にキスを落として、舌を這わせる。朝気合を入れて勝負下着を身に着けた自分を心底褒めたい。

まさかこんな形で勝負するとは、思っていなかったけど。

「あっ……やだ、そんなところ」

「やだは、今日は禁止」

「あ……嘘」

キスのついでと言わんばかりに、ブラジャーのホックがはずされ肩紐がされたまま
の中途半端な状態で彼の手が私のふくらみに触れた。
「いいから。ほら、思いきり気持ちよくなればいい」
彼の言葉通り、私は彼からもたらされる快感に思考が奪われた。頭の中は羞恥心と
これから起こることへの期待でいっぱいだった。
「綺麗な背中だな」
彼の指が首筋から背中を通って、私のヒップに到着する。ショーツの上から優しく
なでられるとぞくぞくとした感覚が背中を伝って駆け上がり、体がぶるっと震えた。
私の一つひとつの反応を彼は楽しんでいるようで、時折漏れ聞こえる吐息が妙に
色っぽい。
彼はそのまま私の耳を舌で刺激しながら、顎に手を添えてうしろを振り向かせた。
強引に目が合う。顔を逸らそうとしたけれど、彼がそれを許してくれない。
「今から君を抱く男の顔だ。しっかり見ておけ」
彼に言われて目を合わせる。そこには私に熱い眼差《まなざ》しを向ける男がいた。その目は、
はっきりと私を求めている。
私は体ごと彼の方へ向いた。そしてじっと見つめ返し、整った顔に手を伸ばす。

なめらかな肌に触れ、親指で少しだけなでる。くすぐったそうに身じろぎした彼を見て、笑みがこぼれた。

「ずいぶん余裕があるんだな」

笑ったのが気にいらなかったのか、彼は不満げに目を細めた。

「そんなはずないじゃない。でも……せっかくだから、ちゃんと覚えておきたくて」

きっと出会ったばかりのこんな完璧な男性と一夜をともにする……そんな大冒険はこれから先の人生で経験できないだろう。

いつか、バカなことをしたと思う日がくるかもしれない。それでも、今の私にはこの時間が、彼が必要なのだ。それならばすべて覚えておきたい。

私は彼の頬をなでながら、形のよい唇に自らの唇を重ねた。チュッと音を立てた短いキスの後、頭を傾けて深いキスをする。

漏れる吐息が熱くて甘い。舌をすべり込ませると彼は応えた。

「んっ……はぁ……あっ！」

最初に仕掛けたのは私のはずなのに、気がつけばソファに押し倒されていた。完全に形勢逆転だ。

唇が離れても余韻でじんじんする。彼の視線に射抜かれた私の体がどんどん熱くなっていく。

「悪いが、主導権を渡すつもりはない」

きっぱりと言いきった彼が、片手でネクタイを緩めそのままシュルッと引き抜いた。それを投げ捨て、唇や耳、頬や首。ありとあらゆるところにキスを落としながら服を脱いでいく。

本気を出した彼が触れるだけで体の芯がとろける。徐々に体中……毒が回るかのごとくしびれ、彼で私の中がいっぱいになる。

大きな手のひらが私の体を刺激する。徐々に汗ばんできた素肌の上を彼の大きな手がすべるように撫でていく。

彼が一糸まとわぬ姿になったときには、私はすでに心まで裸にされている気分だった。与えられた刺激に反応し、彼の求めに素直に応じて体を委ねる。そうして声も我慢できなくなってとろけた私は、何度も彼に抱かれた。

最初の宣言通り、この広いスイートルームの至るところでお互いなにも考えず求め合う。そして最後にひとつになった広いベッドで、そのまま私は眠りについた。

最後に彼の「おやすみ、いい夢を」という言葉を聞きながら。

朝目覚めた私は、すぐ目の前にある御杖さんの顔を見て驚いた。声はあげなかったので彼はまだ寝ている。

それにしても、整った顔だなぁ。

昨日も至近距離でさんざん見つめ合ったけれど、眠ったままの彼は無防備で昨日とはまた違う魅力がある。

まつげ長いなぁ。うらやましい。

こんなかっこいい人と、私しちゃったんだな。

昨日のことを思い出すと、胸がドキドキとうるさい。こんなときめきを感じたのは久しぶりだ。

しかしこれ以上見つめていると彼が目覚めてしまうかもしれない。御杖さんを起こさないようにベッドから注意深く抜け出た。

リビングルームに脱ぎ捨ててあった服を急いで身に着けて、バッグから財布を取り出す。

昨日の飲み代は気づけば彼が払っていた。それなのにこのホテル代まで出してもらうわけにはいかないと思い、財布の中を見てがくぜんとした。

現金の持ち合わせが八千五百三十円。昨日のお酒の代金にもなっていない。最近はキャッシュレス決済が多いから持ち合わせが少ないというのは、単なる言い訳でしかない。

昨日さんざん〝自分は大人だ、ひとりでやっていける〟と言ったのに情けない。

しかしそのままにしておくわけにはいかず、ありったけの現金をダイニングテーブルに置き、近くにあったメモ用紙を前に少し迷う。

連絡先残す?

一瞬迷ったが頭を振った。昨日のことは素敵な思い出にしておいた方がいい。

そう判断した私は、ペンを握って【ありがとうございました】とだけ記し、そそくさと部屋を出た。

バタンと扉が閉じ、そこにもたれかかり心の中でお礼を告げる。

ありがとう。おかげでひと晩中泣かずに済んだわ。

ふぅと大きく息を吐いた後、私は顔をしっかりと上げてエレベーターに向かって歩き出した。

人生の山や谷がいろいろあったところで、夜は明けて朝がくる。そしてあたり前のごとく月曜がきて出社の時間だ。

同じフロアにあの結婚式に出席していた人が何人もいる。あの後どうなったのか知らないが、自分のやったことを思うと気まずい。

いけない。あの日、嫌な過去にはすべてけりをつけたはずじゃない。

私は自分にはっぱをかけ、背筋を伸ばしてオフィスに向かった。

案の定デスクに到着するまで、ひそひそ話と興味津々の視線が突き刺さる。もちろん覚悟の上だったが気にはなる。

こういうときはさっさと仕事に取りかかるに限る。私はパソコンを立ち上げ、早速次期の企画書データを呼び出して作り始める。

やっと企画部に異動になったんだもの。がんばらなきゃ。

これまでレストランやカフェでの勤務をしていた。もちろんやりがいはあったし、接客の仕事も好きだった。けれど入社後からずっと企画に携わりたいと言い続けて、念願叶ってやっと異動できた。

ちょうど情熱を注げる仕事が目の前にあってよかった。そう思いながらキーボードの上で指を走らせる。しかし集中する間もなく上司に声をかけられ、資料作りを中断する。

「飛鳥さん、ちょっといいかな？」

上司が立ち上がりながら、ミーティングルームにちらっと視線を移す。どうやら込み入った話のようだ。すぐに立ち上がり彼の後を追った。

部屋に入ると椅子に座るように促される。上司と向かい合って座るや否や、一枚の書類を差し出された。

「辞令⁉」

思わず目を見開き、声をあげた。すぐに紙面から上司に視線を移す。

「そんな、この間やっと企画部に異動になったのに、なにかの間違いじゃないですか」

「あ、そうだよね。君の言い分はわかるんだが。でもほかでもない君の成長につながるから」

視線を逸らされる、彼もこの人事があまりにも突然だと理解しているようだ。

もう一度内容を確認する。するとそこに〝出向〟の文字を見つけて余計に驚いた。

「こ、これはいったい？」

「あぁ、やっぱりそういう反応になるよね。本当は違う人が行く予定だったんだが、あの、ほら、君いろいろあったでしょ？」

言いづらそうに、ちらちらこちらの反応を見ながら話をしている。

あぁ、そういうことか。

私の人事異動の本当の理由がわかった。おそらく先週末の結婚式での派手なパフォーマンスが影響しているらしい。それにしても対応が早くない？

ふと、吉野さんが人事部長の姪だという事実を思い出した。近しい親戚らしく、人事部長ももちろんあの場にいたわけで……。

「はぁ、そうですか」

反論する力も出ない。なにもかも忘れて仕事に打ち込むつもりでいたのに……。

この先しばらくはあの出来事が尾を引くのかと思ったら、頭が痛くなる。

「ごめん、力がなくて」

頭を下げる上司を見て申し訳ない気持ちでいっぱいになる。きっと彼だってこんな話を部下にしたくはなかっただろう。

「いえ、こちらこそ面倒をおかけしました」

ここで文句を言ってもどうにもならないのは、私にも理解できる。

「わが社も本格的にウエディング事業に力を入れるつもりだ。だから君にはたくさん勉強してきてほしい。戻ったときには君に新事業の第一線で活躍してもらうつもりだから」

今までレストランウエディングなどは手掛けてきたが、もう一歩踏み込んだ事業の展開を上は考えているようだ。

「……わかりました。しっかり勉強してきます」

とりあえず今はそう返事するしかなかった。会社員なのだから、よほどの事情がない限り人事を拒否できない。

「あの、がんばってね」

「はい」

立ち上がった私に上司が向ける目に、憐憫《れんびん》の情が混じっている。関係のない人にまで迷惑をかけるわけにはいかない。私は席を立ちデスクに戻った。

すぐに新たな異動先に連絡を入れる。今日の夕方なら責任者に会えると言われ、アポイントを取った。

「『ヘイムダルホテル』……ね」

くしくも、あの結婚式が行われたホテルを運営する『株式会社ヘイムダルリゾート』のブライダル事業部が私の出向先だ。

ヘイムダルリゾートの前社長と当社リッチロンドの会長が学生時代の知り合いらしく、そのよしみでレストランの出店をしている。おそらく同じような流れで今回も出向が決まったのだろう。

前に進もうとしているのに、ひと筋縄ではいかないなぁ。

私自身がきっぱりすっぱり捨てたつもりでも、引きずられているような感じがする。

しかし気持ちまで過去の落ち込んでいたときに戻るわけにはいかない。なんとか自分を奮い立たせる。

今日は出向先への挨拶を済ませたら直帰するつもりで、荷物を取りにロッカーに向かう。

ここも整理しなきゃいけないな。

バッグを取りロッカールームを出てすぐの廊下に、会いたくない人物が立っていた。吉野さんだ。私を待っていたようで、こちらに近づいてきてにっこり微笑んだ。

「聞きましたぁ～出向なんですって？　先輩がいなくなるなんて残念ですぅ」

「あら、吉野さんにそんなふうに言ってもらえるなんて思ってもみなかったわ」

私が足を止めずに歩いている隣を、彼女が並んで歩く。

「やだぁ。私もう吉野じゃなくて大淀なんですけど！　あぁ、先輩は呼びづらいですよね」

いちいちつっかからないでほしい。

「〝大淀さん〟なにか用？」

「いえ、先輩がかわいそうだなって思って」

「かわいそう?」

私は思わず足を止めた。

「そう。彼氏もいないのに、ブライダル事業部だなんて」

かわいそうと言いながら含み笑いなのはどうしてなのよ。

言いたいけれどここで言い合いをしてもなんにもならない。私はもう先に進みたいのだから。

「別に。仕事なので」

そう言ってまだなにか言いたそうな吉野さんを振りきって、エレベーターに乗り込んだ。

一階のボタンを押してはぁとため息をつく。出向だと言われたときはショックだったが、環境が変わるのでよかったのかもしれない。

いつまでも引きずられたくないが、今のまま居続けていれば今日のように過去の嫌な出来事を思い出すこともあるだろう。

これが社内恋愛の代償なのかもしれない。

それにしても……代償ちょっと大きすぎない?

エレベーターを降りた私は、それでもどうにか気持ちを切り替えた。

ちゃんと自分の足で歩かなきゃ。なにがあっても――。


電車に揺られて二十分。まさかすぐにここへ来ることになるとは思っていなかった。

先日とはまったく違った気持ちで、そびえ立つ大きな建物を見上げた。

ヘイムダルホテルは宿泊フロア以外にも、結婚式やサミットを行うバンケットルームをはじめ、レストランもフレンチから和食に至るまで魅力的な施設が整っている。

私が訪れる予定のブライダル事業部の事務所があるのは西館の五階。

エレベーターを降りると〝ウエディングサロン〟と書いてある案内が見える。サロンでは二組のカップルがプランナーらしき人と打ち合わせをしていた。

邪魔にならないよう受付で名乗り、やわらかな雰囲気の女性が私の名刺を受け取ってすぐに責任者のもとへと案内される。

入口の木製のプレートには【ブライダル事業部統括部長室】とあった。それを眺めているうちに案内してくれた女性が、ドアをノックする。

「御杖部長、お客様がお見えです」

ミツエ？　まさかね。

ひとりの男性の顔が思い浮かんで、慌ててそれを否定する。すべて終わったはずなのに彼を思い出すなんて、バカなんだから。

ドアが開き、女性の背中越しにプレジデントデスクに座る男性が見えた。

パソコンの画面に目を向けていた彼がこちらに視線を移した瞬間、私は驚きのあまり「ひゅう」と息を吸い込みそのまま固まってしまった。

なんてことなの。なんであの人がここにいるの？

すぐに我に返った私は、急いで下を向いて彼から顔を隠す。

案内を終えた女性が「では」と出ていこうとするので、心細くて彼女が扉を閉めるまでずっと目で追う。

ふたりっきりにしないでほしい。

想定外の出来事に、指先が冷たくなっていく。

「飛鳥未央奈さん」

「ひっ」

名前を呼ばれ、飛び上がるほど驚いた。ゆっくり振り向くと、この部屋の主がデスクに肘をつき手の上に顎をのせてこちらを見ている。

直視できず、またすぐに下を向く。

間違いない、彼だ！

手のひら、背中、額。体の至るところにじんわりと汗をかく。どうしてこんなところで、こんな形で再会を果たすはめになったのだろうか。

前に進もうと努力しているのに、ことごとく失敗して自分の運のなさを恨む。

「いつまで下を向いているつもりだ？　話を聞くときは相手の目を見る。そう小学校で習わなかったのか？」

「申し訳ありません」

謝罪の言葉を口にして、覚悟を決めて顔を上げた。しっかりと目を合わせた相手は、やはりあの日に一緒に過ごした〝御杖大輝〟と名乗ったその男だった。

「飛鳥未央奈さん。リッチロンドからの出向ね。そちらの人事部から事前にこれまでの仕事内容や勤務態度についての申し送りを受けている」

「そ、そうですか」

淡々と話している相手を見て、本当にあのときの人なのかと疑う。まるで別人だ。一度ベッドをともにした相手がいきなりやって来たら、こんなに冷静でいられるものなのだろうか。

黙っていればいいものを、不思議に思って聞いてみる。

「あのもしかして、御杖さんは双子のご兄弟とかいらっしゃいます？」

「いや、妹がひとりいるだけだが。なにか？」

「そう……ですか」

じゃあ、絶対本人だ。でも資料に目を通している姿は、私を覚えているようには思えなかった。

もしかして先週末の出来事なのにもう忘れちゃった？

忘れてくれた方が都合はいいけれど、それはそれでショックだと相反する感情が渦巻く。しかし取り乱しているのは自分だけだ。もしかしたらあれは私が見た幻なのかもしれない。

パニックになった私は、まともにものが考えられなくなっていた。今が仕事中だということすら頭から抜け落ちる。

「入社後、レストラン、カフェなどで接客を担当。複数店舗の店長やエリアマネージャーを経て、本社企画部に四カ月前に異動。そして今度はわが社へ出向……と」

彼が書いてある内容を次々と読み上げる。

「間違いない？」

「はい」

七年間いろいろあったにもかかわらず、ずいぶんあっけないものだなと思いながらうなずく。

「土曜に俺に抱かれたのも、間違いない？」

「はい、えっ⁉」

彼の顔を見ないようデスクの上辺りに落としていた視線をそっと向けたら、ニヤッと人の悪い笑みを浮かべる男と目が合った。

「え、いや、なに……言って」

覚えていたの？

いきなりのことに驚き、それ以上言葉が続かない。

「なにって、忘れたのか？　土曜バーでしこたま酒を飲んで、その後上の部屋で俺とあちこちで抱き合っただろ、ソファ、ベッド、それから風呂でも――」

「あーーーーわぁあぁあぁ！」

慌てて、これ以上なにも言わないように彼の口を塞いだ。

「なんだ、覚えているんじゃないか」

「それは！　最初に知らないふりしたの、あなたじゃない」

まるっきり無視していたのは向こうだ。

「覚えてるなら話は早いな。この件は断ってくれ」

「はぁ？」

いきなりの申し出に、思わず声をあげた。まさか冗談だろうと相手を見るがその目は真剣だ。しかし驚いている場合じゃない。こんな話『はいそうですか』と受け入れられるわけがない。

「どういう意味でしょうか？　私の経歴では使えないとおっしゃるんですか？」

これまでぐちゃぐちゃになっていた頭の中が、急に冷静になっていくのを感じた。

本来は別の人が出向になる予定だった。代わりに来た私では力不足だと言われているのだと思うと悔しい。しかしほかの理由ならともかく、これまで仕事に関してはいっさい妥協をしなかった。それをそんなふうに思われては黙っていられない。

「もしかして、一度寝た相手とは仕事しない主義ですか？」

これから上司になる相手に言う言葉ではない。しかしそれ以外考えられない。

「まさか。そんなことを言ってたら誰とも仕事できなくなる」

それって、そういう相手が何人もいるって言っているようなものじゃないの？

なかばあきれながらも、自分がそのひとりだという事実があるので強く言えない。

しかも向こうからでなく、はっきりと自分の意思で抱かれたのだから。

「じゃあ理由はなんですか？」

はっきり言ってもらわなければ納得できない。私は拳をぎゅっと握って、まっすぐに御杖さんを見た。

「君は、結婚に対してマイナスイメージを持ちすぎている」

「あっ……それは」

先週末、結婚式でひと暴れした後、バーでさんざん愚痴を言った。そのときに〝結婚なんて〟という言葉を何度口にしただろうか。彼が私をここで働かせたくない理由としては納得できる。しかしここで引き下がれない。

「たしかに、今の私は結婚について前向きなイメージはありません。でもそれは自分の結婚についてそう思うだけで、決して人の幸せを祝福できないわけではないです。そこは誤解しないでください」

「なるほどな」

「与えられた仕事を投げ出すような人間ではないので」

少々自分を大きく見せたが、そうでもしないとここで働けない。今はなにかに思いきり打ち込みたい。ここで拒否されれば、おそらくリッチロンドでも居場所がないだろう。そう考えたら、なにがなんでもここにしがみつかなくてはいけない。

私はぐっと固唾をのんで、彼の返事を待つ。

「おもしろい。そこまで言うならやってみろ。ただし、こちらからすぐにこの出向契約は打ちきることができる。成果もなしに出戻る事態にならないように、せいぜいがんばるんだな」

なんとか私のはったりが通用したみたいでほっとする。御杖さんはわずかに口角を上げて試すような言葉を投げかけてきた。

「わかりました。来月からよろしくお願いします」

「あぁ。明日にでも部下に資料をメールさせておく。しっかり読んでおくように」

「はい。では御杖部長、失礼します」

頭を下げた私は、これ以上長居をして彼の気が変わるといけないと思い、急いで部屋を出た。

受付にいた女性に来客用の入館証を返却した際「来月よりお世話になります」と軽く挨拶だけして、帰宅の途についた。

疲れた、疲れた。とにかく疲れた。

築八年のマンションの五階。玄関の扉を開けパンプスを脱ぎ捨てて、リビングに到着するとバッグを床に投げ出し、そのままソファにダイブした。

「はぁ、もう。なんでこんな災難続きなの？」

ソファの上で仰向けになり、自分の手をかざしてみた。半年前はこの手の中にあると思っていたものが、なにも残っていないような気がする。

恋人、結婚、幸せな未来、企画部での仕事。どれも私にとって大切なもので、がんばれば手に入るものだと思っていたし、手にしたものもあったはずなのに……。

「今はなんにもないや」

ひとつうまくいかなくなったら、全部指の間からサラサラ流れ出ていった。時間をかけて手にしたはずのそれらが、なくなるのはあっという間だった。

だからせめて企画部の仕事だけは死守したかったのに……。

なにもなくなるのはつらすぎる。

「はぁ」

いつまでもこうしてはいられない。明日からはリッチロンドでの引き継ぎが待っている。

体を起こすと、テーブルの上のマグカップが目に入る。

「これも捨てなきゃな」

慶と付き合って二年目のホワイトデーにもらったお揃《そろ》いのマグカップ。私の部屋で一緒に使っていたはずなのに、彼のはもうずいぶん前に割れてしまって処分した。嫌な思い出がぶり返してきそうになる。物には罪がないからと使い続けてきたけれど、もう捨ててしまおう。明日はちょうどゴミの日だ。

思い立った私は、ごみ袋を片手に部屋のあちこちをあさった。これからの私に必要のないものとはお別れする。ほんの少しの変化だが、心が妙に軽くなった。

私の未来に必要ないものがなくなっただけ。その空いたスペースに新しいものがやってくるのだ。

その瞬間、頭の中に御杖さんの顔が思い浮かんだ。

「いやいやいや、ないない」

慌ててかき消そうとした後、ふと気になりタブレットを手にして検索する。〝御杖大輝〟とフルネームで検索すれば、社名を入れる前にすでに彼のデータがはじき出された。

そんなに有名人なの？

あまたの経済誌や新聞、ファッション誌に至るまで彼の名前が出てきて驚く。

その中でも、ヘイムダルリゾートのリクルーター向けホームページに彼の経歴が一番詳しく書いてあった。

ヘイムダルリゾート創始者の孫で現社長の息子である彼は、中学卒業と同時に渡米。海外でMBAを取り、ヘイムダルリゾートの北米支社で副社長に就任。

「ふ、副社長⁉」

年齢はたしか今年で三十六歳だったはずだ。ずいぶん若い年で重要なポストについたようだ。いくら創業一族でもすごいとしか言いようがない。

でもなんでそんな彼が、本社があるとはいえ日本でブライダル事業などに携わっているのだろう。こんなことを言うべきではないのだろうが、事業としては彼がやってきた今までの仕事とはスケールが違うように思う。

「うーん」

気にしながら、ネットにあふれる情報を次々に見ていく。真面目なビジネスの話よりも、彼の私生活の話題が出てきて気になり始めた。噂になった女性たちを見て思わず「すごい」と声が漏れる。女優にモデル、私でも知っているような政財界の有名人の縁戚関係。いわゆる世間一般でいう高嶺の花たちが彼の歴代の女たちに並ぶ。

その中に私も一応含まれるのか……いや、違うよね。

彼女たちは彼がきちんと向き合った相手。私はただ通り過ぎただけ。それなのに、一緒に仕事をするはめになって彼だって気まずいだろう。

あの一夜については決して後悔していない。だからこそ、彼に気まずい思いをさせてまで新しい仕事にしがみついた。迷惑をかけるわけにはいかない。

その上彼にも、役に立たなければすぐにリッチロンドに送り返すと言われている。

やるしかない。やるしかないんだ。

傷ついていても立ち止まるわけにはいかない。

元カレの結婚式の日に、すべて忘れると決めた。

だから前だけ見ていよう。

第二章　負けるもんか！

そんな私だったが……気合は見事空回りしていた。

リッチロンドでの短い引き継ぎ期間を終え、緊張した面持ちでヘイムダルホテルで働き始めたのは約一カ月前。今年は夏が長く、十月中旬になってやっと秋めいてきた。

私は受付に立ち、インカムから聞こえてくる上司の言葉に「あぁ、またやってしまった」と顔をゆがめる。

『この業界、偶数は不吉なの。それも知らずにそこに立っているの？』

「すみません」

面目ない。言い訳のできない失敗ばかりが続く。先ほど式場見学に来たカップルに出したクッキーが二枚ずつだった。今日のお客様は気にしないタイプの方で事なきを得たが、いつもそうとは限らない。ひとつの小さなミスが、不信感につながる。

人生の大きな節目となる結婚式だ。そんな日を任せてもらう自分たちとお客様の間に大切なのは信頼関係だと、ここで働き始めて口を酸っぱくして指導されてきた。

今日予定していたお客様がすべて帰り、サロンを綺麗に片づけていく。これは一番下っ端の私の仕事で、お客様の流れや椅子の位置などを確認できる大切な業務だ。初めてのことばかりだから失敗するのは――いや、もちろんしないにこしたことはないが――仕方がないにしても、同じ間違いはしないと決めている。

……とはいえ、次から次へとだもんな。

リッチロンドで企画部に配属される前は、エリアマネージャーを務め数店舗を管理していた。接客には自信があったのにそれも打ち砕かれた。

しょせん井の中の蛙《かわず》だったのだと思うが、へこんだままではいられない。なにせ御杖部長に大口を叩いてここで働いているのだから。

片づけを終えて事務所に戻る。

「おつかれさまです」

「おつかれさま、飛鳥さんちょっといいかしら？」

「……はい」

私を呼んだのは、所属する第一グループの課長である天川《あまかわ》りえさん。急いで彼女のデスクまで行く。

おくれ毛が一本もなくきちんとまとめられたお団子ヘア。そして崩れることなく結ばれたスカーフが彼女のトレードマーク。少しつり目で、凛とした雰囲気のある美人だ。仕事は正確で、自分にも他人にも厳しい頼りがいのあるリーダー。

ブライダル事業部では、御杖部長が全体を見て課長が実務を取り仕切っている。

「これはなにかしら?」

「あの……これとは……」

正直いろいろとやらかしすぎていて、どの失敗を言われているのかわからない。

「この電話メモよ」

そこには私が受けた電話についてのメモが残されている。時間、先方の名前、折り返し先。不備はないように思えた。

「これでは、この方がどのようなお客様かわからないわ。これまでまったくうちにお見えになったことがないのか、過去にフェアに参加したお客様なのか、誰かの紹介なのか。連絡がつきやすい時間帯や曜日なんかも聞くべきよ」

ウエディング事業部では集客のために、定期的にブライダルフェアを開催している。そこに訪れたカップルへの対応や成約後の挙式も、もちろん私たちが担当する。

「はい」

「この業界、少ないお客様をどうやって確保するのかにかかっているの。小さなチャンスも無駄にできないのよ。そのためには最初の接触を大切にしないといけないの。

わかるわね」

たしかにそうだ。カフェやレストランのようにリピートは基本ありえない。むしろそんな事態が頻繁にあっては困る。ここで式を挙げた人には末永く幸せであってほしい。だからこそ、そのひとりのお客様を逃すわけにはいかないのだ。

「認識が甘かったです。すみませんでした」

「まあ、仕方ないわね。前職とは勝手が違うもの」

話は終わったと言うように天川課長が視線をはずしたので、自分の席に戻る。自己嫌悪からのため息をつきそうになったがぐっと抑え込み、席に着いた瞬間「あ、そうだ」と天川課長が声をあげる。

「テーブルのレイアウト、すごくよくなっていたわ。ありがとう、飛鳥さん」

「はい！　よかったです」

今朝、ずっと気になっていた打ち合わせに使うテーブルの位置を、許可を得て変えてみたのだ。動きやすさや導線を考えるのには、前職が役に立った。

さすが天川課長だな。間違いの指摘だけでなく、しっかり成果も認めてくれる。私なんか褒めるところがないだろうに、それでもなにかしらいいところを見つけてもらえる。

私はそれ、できていたかな。

ある程度経験を重ね、後輩ができて上に立つようになっていたのに、日々の仕事に追われて周りが見えていなかった。御杖部長に偉そうに言ったけれど、教えを請う立場になってみて自分を顧みる機会が得られた。決して自ら希望して出向したわけではなかったけれど、一カ月働いてみて、初心に戻り仕事に打ち込める幸せを感じていた。

とはいえ、ミスはミス。痛いなぁ～。

いくら褒められたとはいえ、圧倒的に足を引っ張っているのは事実だ。

でも落ち込んでいる暇はない。まずは業務報告を上げなくては。

パソコンと睨めっこしていると、隣の席から小さなチョコレートの包み紙が差し出された。

「どうぞ」

「ありがとう」

隣の席に座っているのは、同じ天川チームの香芝冬乃《かしばふゆの》さん。二歳年下だけどここでは先輩だ。

肩までのふわふわとしたやわらかい色素の薄い髪に、大きな二重の瞳。声が高く女の私でも庇護欲がそそられる。そんな彼女はかわいいものが好きだというだけあって、挙式や披露宴でのアイデアには天川課長も一目置いているほど。普段はかわいらしいが、仕事となると妥協を許さない姿勢はかっこいい。

「これ新作のチョコなんですけど、すごくおいしくて。幸せおすそ分けです」

彼女もまた突然やって来た私を快く迎えてくれている。ため息が漏れそうなときは今日みたいに、遠回しに励ましてくれた。

「ありがとうございます。糖分補給してがんばります」

「ふふふ、あんまりがんばりすぎないでくださいね。眉間にしわできてます」

「はい」

そんなに怖い顔をしていただろうか。

チョコレートを口に放り込んで、肩の力を抜いて仕事を再開した。

あちこちから「お先に失礼します」という声が聞こえてくる。パソコンに向かいながらそれらに返事を繰り返し、気がつけば最後のひとりになっていた。

「なんだ、まだ残っていたのか」

事務所の入口から声が聞こえて顔を上げる。

「御杖部長、お疲れさまです」

「なにやってるんだ」

　パソコンの画面を覗き込まれる。そこには業務日誌が表示されていた。

「電話メモ？　なんだこれは。社会人一年目がするみたいなことやっているのか？」

　あきれたような声で言われて恥ずかしくなる。しかし事実そうなのだから仕方ない。

「もうご存じだと思うんですが、この一カ月いろいろやらかしていましてですね……」

　隠しても仕方がないと思いながらも、やはりばつが悪くて彼の方をまともに見られない。椅子に座ったまま上目遣いに彼を見た。

「いろいろな。聞いてる」

　なにかを思い出したのか、こぶしを口もとにあてて、くっと笑った。

「父親と娘を新郎新婦と勘違いした話、思い出した。そんな失態するやついる？」

「あ、あれは！　すごく仲がよさそうで腕まで組んでたからつい……」

　先日実の親子をカップルと間違えた。お父様はすごくうれしそうにして喜んでくれたが、その日天川課長に『もう少し落ち着きなさい』と諭された。

「言い訳ですね、すみません」

「そう落ち込むな。古巣にもう帰りたくなったか？」

「いえ、絶対に帰りません！」

私は姿勢を正してはっきりと言いきった。

「まあ、今向こうに帰っても針の筵《むしろ》だろうしな」

そうだった、私の上司はどこの誰よりも私の事情をよく知っている。

「まあもちろんそれもあるんですけど。私まだなにも成し遂げていないので」

失敗続きの自分がなに大きな口を叩いているのだと言われても仕方ない。けれど私は一カ月仕事をやってきて、この仕事にやりがいを感じていた。

「私がここに来た意味があるって自分で思いたいし、御杖部長にもそう感じてもらいたいので」

熱く語りすぎただろうか。最初の夜が影響して、ふたりだとついつい自分の心の内をさらけ出してしまう。

「ここに来た意味か……」

御杖部長はどこに視線を向けるでもなく、私の言葉を繰り返した。その様子を不思議に思っているうちに彼はオフィスを出ていこうとする。

「まあ、期待しないでおく。おつかれ」

「おつかれさまです」

最後のひと言余計じゃない？

心の中で唇を尖《とが》らせながら、パソコン作業を再開する。しばらくして、扉がノックもなしに開いて驚いた。

「ひっ、なんだ御杖ぶちょ……わぁ」

私が言葉を発し終わる前に、なにかが放物線を描いて飛んできた。

「ナイスキャッチ。あんまり遅くまで残るなよ」

御杖部長はそれだけ言い残し、扉を閉めて出ていった。

私の手の中には、温かい缶コーヒーがある。突然のことにぽかんとしてお礼も言えていない。ただその温もりが、じわじわと疲れを癒やしてくれるような気がした。

「いただきます」

さっそく飲んだコーヒーはほんのり甘く、私は頬を緩ませた。

――しかし。

人間やればできる。努力は実る。継続は力なり。そんな言葉がそらぞらしく感じるほど、私は自分のふがいなさに打ちひしがれていた。

御杖部長に『期待しないでおく』と言われてから二週間。

早番で十五時上がりだった私は、タイムカードを押しデスクに座っていた。ほかのスタッフは平日の夕方に珍しく入った結婚式で慌ただしくしている。

そんな中、私はひとりで事務所のパソコンを眺めていた。

大きなため息と一緒に見ているのは、このブライダルサロンの口コミだ。

【チャペルもバンケットも最高。ただスタッフが心もとない】

書き込まれた日付は一週間前。そこから判断して、これが自分について書かれているのがわかる。

【ひとり慣れていないスタッフがいて、こちらが戸惑った。フェアならば我慢できるが、本番だと困る】

これもあきらかに私だ。フェアの流れを聞かれた際に渡したリーフレットが、実はひとつ前のものだった。すぐに気がついて差し替えたが、結婚式は一生に一度だ。小さな失敗がずっと心に残る。

「はぁ。なんでできないんだろう」

もっと自分はできるはず。ずっとそう思っていたけれど、以前の職場との勝手の違いにまだ慣れずにいる。

香芝さんは『まだ来たばかりじゃないですか』と言ってくれるが、お客様から見れば新人もベテランも関係ない。

ふと、事務所の隅に積まれている段ボールに目をやる。それは私が事前に変更があったのに気がつかないまま注文した引き出物だ。

天川課長がフェアで顧客にプレゼントするから大丈夫だと言ってくれたが、こんなミスありえない。

たしかに接客の面では経験が生かされている場面もある。実際に天川課長や香芝さんに『助かった』と言われたこともある。

しかしそれだけでは、ウエディングプランナーとして使いものにはならない。現状の私はアシスタントの仕事すらままならない。

新郎新婦やその家族がどんな思いで式の準備をしているのか、これまでわかっていなかった。そう思えば、慶と吉野さんの式での振る舞いについて後悔した。

あのときは堪忍袋の緒が切れちゃったんだもの。

「はぁ、へこむ」

デスクに突っ伏して、もしかして私はこの仕事に向いていないのかもしれないと思い悩む。

もう一度ため息をつきそうになったとき、頭になにかがあたった。

「いたっ」

「下っ端が、なに一人前にため息をついているんだ？」

顔を上げるとそこには御杖部長が立っていた。私は急いで姿勢を正して「お疲れさまです」と頭を下げた。

「なに見てるんだ……あぁ、これはなかなかひどいな」

「すみません、私のせいで」

星の数での評価こそは下がっていないが、ここ最近のレビューにスタッフの対応のまずさについていくつも記載がある。

「なんだ、落ち込んでいるのか。珍しいな」

私だっていつも猪突猛進でいられるわけじゃない。とはいえ、それを上司に言うわけにはいかない。出向前に出会った御杖さんではない。今、彼は上司だ。

「がんばります、あの……もっと」

具体的な内容が出てこない。一つひとつは小さなダメージでも蓄積された今、なかなか気持ちを立て直せない。

「ちょっと、ついてこい」

「……はい」

御杖部長が私をつれてきたのは、挙式真っただ中のチャペルだった。二階の通路から静かに中の様子を見る。

ホテル自慢のステンドグラスの前で、新郎と新婦がひげを蓄えた神父と向かい合っているのが見える。

神父の読み上げる聖書の言葉が、しんとした教会内に響き渡る。何度見てもこの瞬間は神聖な気持ちになるものだ。

私の隣に立っていた御杖部長が、カップルに視線を向けたままゆっくりと口を開く。

「カップルそれぞれに歴史があるように、挙式にも様々な形がある。望みを細かく聞いて最高の一日にするのが我々の仕事だ。うまくやらなくてもいい。お客様に寄り添う仕事をしてほしい」

「……はい」

式を終えて、新郎新婦は腕を組みながらバージンロードを歩いている。親類や友人からの拍手の海の中とても幸せそうだ。

「あの笑顔をつくるのが、君の仕事だ。それだけは忘れてはいけない」

しっかりと諭すように言った御杖部長が、その場を離れるため歩き始めた。私は彼が去り、新郎新婦や招待客が退場した後も、誰もいなくなったチャペルをじっと見つめていた。

たしかにミスは許されることではない。しかしそれを恐れてばかりでは、成長できない。行きづまっていた私に、御杖部長は大切なことを教えてくれた。

息を大きく吸い込んで深呼吸をした。ここにある幸せな空気を吸い込んで、しぼみかけていたやる気や自信を膨らませる。

「がんばろっと」

来たときより気持ちも体も軽くなった私は、チャペルを軽やかに後にした。


「あの、すみません。御杖事業部長と約束しているんですが」

「はい」

帰宅しようとオフィスを出て廊下を歩いていたら呼び止められた。振り向くと、背の高いイケメンが名刺を差し出している。

「『アイデュナミス』の野迫川《のせがわ》社長……アイデュナミスってあの！」

「そう、皆さんご存じ結婚相談所のアイデュナミスです」

にっこりと微笑んだ野迫川社長の顔はまぶしいくらいに輝いていて、なんだか御利益《ごりやく》がありそうだ。

年齢は御杖部長と同じくらいだろうか、二重の印象的な目のせいか若く見えるが、身のこなしなどは大人の洗練さを感じる。

アイデュナミスは大手の結婚相談所で、我々ブライダル事業部と提携して婚活パーティーを開催している。そこで成立したカップルは挙式披露宴が割引になるという特典つきだ。ハイクラスの顧客が多く、人気の結婚相談所だと記憶している。

「あ、ご案内します」

私が歩き始めた横で、野迫川社長は親しげに話しかけてきた。

「君見ない顔だね、新入社員？」

「はい、出向で二カ月前からお世話になっています」

事業部長室をノックするが不在で、そのとき野迫川社長のスマートフォンが鳴った。

「はいはーい。今、飛鳥さんって子に案内してもらってるけど、お前いないの？」

なんて軽いんだろう。ちょっと驚きながら見ていると、彼は電話を私に差し出した。

『御杖だが、本社で打ち合わせが長引いてそちらに戻るのが少し遅くなった。中で待ってもらってくれ』

「はい、わかりました」

御杖部長はブライダル事業部とともに本社の経営戦略室の室長も兼ねている。むしろそちらの仕事がメインと言った方がいい。オフィスは同じ敷地内にあるが、別棟になるので移動に少々時間がかかる。

「野迫川社長、中でお待ちください」

ソファを勧める前に彼は慣れた様子で座り、私においでおいでと手招きする。そしてバッグの中からパンフレットと申込書を取り出した。

「君、指輪してないから独身だよね？　うちに入会しない？」

「結構です」

仮にも取引先のそれも社長に、あまりにも愛想もなにもない断り方をしたと思う。でも今のはあんまりだ。初対面でデリカシーの欠片もないし、おまけに私の地雷を踏むような話題。しかしここは社会人として無礼を詫びるべきだろうか。

「いえ、あの……すみません」

「あはは、君、おもしろいね。ごめん、彼氏がいるよね」

「いえ、あのそうではないんですけど」

「いないの？　嘘、マジで」

「はい、それはそうなんですけど」

さっさとこの場を去りたいのに、いちいちペースを乱されて肝心な話ができない。

「え、彼氏がいないならさ。今度食事でも行こう？　僕、君に興味出ちゃった」

「はぁ……あのですね」

なんと軽いノリだろう。やんわり断ろうと口を開いた瞬間、部屋の扉が勢いよく開いた。

「ナンパするなら外でやれよ。野迫川」

入ってきたのは御杖部長だ。名前を呼び捨てにするなんて、ずいぶん親しい間柄なのだろうか。

「ナンパじゃない。真剣だよ、僕は。ね、飛鳥ちゃん」

「いや、あの、ですから――」

まったく話を聞かない野迫川社長にどう対応していいのか困っていたら、本人は突然なにかをひらめいたかのように目を見開いた。

「あ、そうだ！　いいこと思いついた」

「なんだよ、いったい」

御杖部長がやれやれと言った様子で返事をする。

「今度の婚活パーティーの担当、飛鳥ちゃんにして」

「えっ！」

アイデュナミスの婚活パーティーはかなり大規模なものだ。ここで働き始めた頃に開催されていたものを覗いたことがあるし、一昨日《おととい》契約したカップルは出会いのきっかけがアイデュナミスのパーティーだったと言っていた。

うちにとっても顧客獲得につながる大切な催しだ。

私にできる？

これまでの失敗が頭をよぎる。

「飛鳥、やってみるか？」

御杖部長の言葉に戸惑う。でも彼は私ができないと思えばこんなふうに聞いてこないはずだ。そのわずかな期待が私の胸に勇気の火をともす。

「はい、がんばりたいです」

しっかりと顔を上げて、御杖部長の顔を見ながら答えた。

「わかった。そっちの担当は誰だ？」

御杖部長は野迫川社長の方を見る。

「僕」

「は？」

「だから、僕がやる。飛鳥ちゃんがやるなら僕がやる」

にっこりと微笑むその顔に一抹の不安がよぎる。

私、業界大手の社長と仕事するの？

「おい、私情で仕事をするな」

「ひどいな、大輝。僕が気分で仕事をするわけないじゃないか。ただ、彼女の今後を考えて僕と仕事する機会があってもいいんじゃないかなと思って」

「それにしても、社長のお前がわざわざ出てくる必要なんてないだろ」

「ちょうど担当者が体調不良で別の社員をあてようと思っていたんだ。僕がやっても問題ない。それに何事も最初が肝心だからさ。大輝の新人教育に僕がひと肌脱ぐよ」

「なんで俺のためなんだよ。まぁでも、野迫川と仕事をさせるメリットは十分すぎるほどあるんだよな……」

さっきまで反対していた御杖部長は、一転してなにか考え始めたようだ。

「こんなやつだけど一緒に仕事をするのはお前のためになる。いけるな？　飛鳥」

「はい。勉強させてもらいます。野迫川社長、よろしくお願いします」

「はいは〜い。楽しみだねっ」

頭を下げた私に、野迫川社長は相変わらず軽い返事をした。

難しい仕事であるのは間違いない。自分の手にあまるかもしれない。しかしやってみたいという好奇心がどうにも抑えられない。

「楽しみです」

「お、いいね！　いいね！　じゃあ僕から大輝にもいいものをあげよう」

野迫川社長がバッグから白い台紙のようなものを取り出した。御杖部長はそれを怪訝そうに受け取ると、中身を見るなりすぐに突き返す。

「いらない」

「えー、君の親父さんから言われてよりすぐりの美人を選んだのに」

野迫川社長はどうやら御杖部長にとどまらず、ヘイムダルリゾートの社長とも親しいようだ。いったいどういう人なんだろう。

「必要ない、親父にそう言っておけ」

「なんでだよ、ほら、見て！　こんなに綺麗な人なんだよ」

野迫川社長が私にその台紙を広げて見せた。

「お見合い写真ですか？」

「そう。御杖社長から頼まれてね。この子、徳川沙耶《とくがわさや》さん。名門の女子大卒でメガバンクの頭取の孫なんだよ。その上この立派なおっぱい――」

「野迫川、叩き出すぞ」

「ひ～怖い。でも大輝には悪いけどもうお見合いの日程決めたから、よろしく」

え、日程が決まったって……御杖部長、本当にお見合いするんだ。

指先が急に冷たくなって、鉛でも飲み込んだかのように胸の中が重い。

って、なんでこんなに落ち込むのよ。私がっ!

「はぁ? なにがよろしくだ。俺は行かないぞ。お前、この話がまとまったらいくらもらう話になってる?」

「それは言えない、企業秘密だ。日程は後で連絡する」

野迫川社長は、突き返されたお見合い写真をテーブルの上に置いて立ち上がった。

「じゃあ帰るよ。飛鳥ちゃんも一緒に出る?」

「え、はい」

御杖部長のお見合い話を聞いて心ここにあらずだった私は、野迫川社長に顔を覗き込まれやっと我に返った。帰ろうと思っていたのに、すっかり遅くなってしまった。

「あの、早番なのでお先に失礼します」

「お疲れさま」

部屋を出るときには、御杖部長はすでにパソコンの画面を難しい顔で見ていた。そのままこちらを見ずに、短い挨拶をしただけだった。

サロンを通ってエレベーターホールに向かう。

「野迫川社長は駐車場ですか？」

ボタンを押してエレベーターの到着を待つ。

「うん、車で来た。気がきくね、ありがとう」

今だったら聞けるかも。

本来は聞くべきじゃないとわかっているけれど、どうしても気になる。

「あの、御杖部長はお見合いされるんでしょうか？」

「ん、気になる？」

「いや、あの、興味があるというかなんというか」

言いあてられ、野迫川社長の目つきがこれまでと違い鋭くてドキッとする。

「まあ、親から結婚を急かされているのは本当だね。実際に僕のところまで頼みに来るくらいだから」

「そう……なんですね」

聞いてどうするつもりだったのか、自分でもわからない。でも変に気持ちが沈む。

「大輝はやめておきなよ。顔はかっこいいけど冷たいし、怒ると怖いし」

「あの、別に私は御杖部長がどうとかそういうのではなくてですね」

これから仕事を一緒にするのに変に誤解されては困る。もちろん正直に『一度寝ました』なんて言えない。

「ちなみに、僕なんかおすすめ。イケメンで優しいよ」

「ご自分でおっしゃるんですね」

「そう、これでも営業は得意なんだ」

おどけてみせる態度に、噴き出した。

到着したエレベーターには誰も乗っておらず、そのまま会話を続ける。

「おふたりはプライベートでも仲がいいんですか？」

「あぁ、中学が同じだったんだ。高校から大輝はアメリカだったから別だけど」

「え、そんな昔から」

ふたりの親密なやり取りもうなずける。

「向こうは腐れ縁って言ってるけど、なんだかんだ仲いいと思ってる。僕は」

「性格は正反対に見えるんですけど、不思議ですね」

「言うね〜飛鳥ちゃん」

「あ、すみません。調子に乗りました」

相手は取引先の社長だ。本来ならばこんなに気やすく接していい相手ではない。

「気にしないで。君とのおしゃべりは楽しいから」

軽いけど懐は深いようだ。その上、御杖部長が言うくらい仕事ができる人。

「あの、パーティーの件ですが。ご迷惑をおかけしないようにしますので、よろしくお願いします」

「うん、僕がついてるから安心して」

野迫川社長がにっこり笑った瞬間、エレベーターが地下駐車場に到着した。

「送っていくよ」という野迫川社長の申し出を丁寧に断り、私は社員通用口を通って駅に向かった。

「はぁ、今日はなんだかいろいろあったな」

ふと御杖部長のお見合い相手の写真が頭の中に思い浮かぶ。さっきから、この件になるとなんだか胸がどんよりするのはなぜだろうか。

自分自身理解できない気持ちを持てあましながら、私は家路についた。

◇◇◇

「どういうつもりだ、野迫川を使って見合いの席を設けるなんて」

相手が電話に出るや否や、挨拶もなく用件を伝える。それくらいイライラしていた。

『お前がいつまでもふらふらしているから、私が代わりに頼んだんだ。ありがたいだろう。すごく美人だ。私があと二十、いや十若ければ……』

はぁ、まったく。聞く耳を持っていない相手に話をするほど疲れることはない。しかもこれが社長であり親父だというのだからやっかいなものだ。

「仕事ならば受け入れるが、プライベートまで首を突っ込まないでくれ」

『そうは言うが、お前の立場ならプライベートも仕事のうちだということもわかっているだろう』

そういう合理的な考え方も理解はしている。ただ受け入れられないだけだ。

何度か勧められるままに見合いをしたが、どれもこれもうまくいかなかった。家柄がよく才色兼備で非の打ちどころもない令嬢ばかりで、事業への援助もさることながら家庭を任せても問題ないだろう。しかし彼女たちと結婚する未来が見えなかった。

もっと感情が揺さぶられるような相手と……そう考えた瞬間、ひとりの女性が頭に浮かぶ。飛鳥未央奈、彼女との出会いは強烈だった。

普段は披露宴に参加しないが、取引先であるリッチロンドの関係者の式ということであの日は一応確認するため会場に向かった。するとどうだろうか、ひとりの招待客の女性がマイク片手に新郎の暴露話をしているではないか。

挙式を取り仕切る側からすれば、このようなトラブルはごめん願いたい。しかし俺は敵ばかりの中、凛と立つ彼女の姿に目を奪われたのだ。

気がつけば、去っていくその女性の姿を追っていた。

そして一緒に過ごした翌朝。すでに隣にいないのを見て、ますます彼女に対する好感度が上がった。

そもそも、俺が初めて会った相手を自社の一室に誘い夜を過ごすなんてことは今までなかった。そしてこの腕から逃げられたのも、これまでの人生で一度だってない。

俺とそういう関係になった相手は、必ず次も会いたいと言うのがお決まりだったのに。

彼女は本当に予想外の相手だ。

そして再会もまた、予想外そのものだったのだけれど。

『おい、話を聞いてるのか？』

あぁ、まだ親父と電話中だった。

「悪い、聞いてなかった。忙しいから切るが、これ以上俺のプライベートには首を突っ込まないでくれ」

相手の返事も聞かずに受話器を置いた。

ただでさえ忙しいのに、面倒ごとはこれ以上持ち込まないでほしい。

デスクに積み上がる書類に、次々と届くメール。

ホテル事業は自分にぴったりの仕事だと思う。やりがいも楽しさも感じている。だからこそ、業績の足を引っ張っているブライダル事業部のテコ入れを打診された際も専門外だが必要ならばと受け入れた。ただこれまで同様激務の経営戦略室の仕事をこなしながらなので、さすがに仕事に追われているのも事実だ。

来年には国際会議も行われる予定になっている。俺が誘致したのだから、必ず成功させなくてはならない。

やるべきことも課題も山積みだ。それでも必ず成し遂げる。なぜならこのホテルを守り成長させる、それが俺の人生の目標であるからだ。御曹司だからと誰にも揶揄させない、そういうやつらは実力で黙らせるしかない。

様々に入り混じっていた思考をクリアにして、目の前の仕事に没頭した。

◇◇◇

あっという間にひと月が過ぎ、カレンダーは十二月になっていた。

今日はアイデュナミスの婚活パーティーの日だ。

やっとこの日がきて、ほっとしている。

このひと月、私はこれまでにないほど忙殺されていた。

共催だがメインはアイデュナミスで、こちらはバンケットルームを貸し出す側なので企画はアイデュナミスの方でするど聞いていた。だから向こうの希望に沿えばよいと思っていたのだが、最初の打ち合わせで全然安心していられない事態だということにすぐ気がついた。

野迫川社長はあんな軽い感じにもかかわらず、仕事となれば鬼だった。

『それじゃああまりにも貧相じゃない？　うちの顧客の水準わかってる？』

『冗談でしょ？　これでやるつもり？』

打ち合わせ中も容赦ない指摘が飛んでくる。しかもどれも的を射ているので、言い返す言葉もない。

『少しお時間いただけますか？』

『うん、いいけど待つだけ待ってなにもないとかやめてね』

にっこり笑う野迫川社長の顔がトラウマになりそうだ。

連日連夜、すっかり人のいなくなった事務所で栄養ドリンク片手にああでもないこうでもないと作業を進めていた。

『まだやっているのか』

『御杖部長、すみません。もう少しかかりそうです』

ある夜、彼が私のところまで来るとパソコンの画面を見て『アイデュナミスか？』と聞いてきたのでうなずいた。

『どうだ、あいつ厳しいだろ』

『はい……まさか、ここまで厳しくダメ出しされるとは思いませんでした』

私が甘かったと言えばそれまでなのだが、力不足を感じる。

『前回までのパーティーの内容を踏まえて、天川課長にチェックしていただいたりしたんですけど、なかなかいい提案ができなくてですね……』

天川課長いわく、以前の担当者なら間違いなくＯＫが出ていただろうとのこと。しかし今回は野迫川社長が担当するにあたり、ワンランク上のものを求められている。

『なるほどな、そういうときはひとつ新しいものを取り入れるだけで、ほかはごまかせる。大きな目を引くなにかが必要だ。すべて新しくする必要はないし、削れるものは削るのも大切なんだ。企画は足し算ばかり考えるな』

『なるほど、削る……』

それまでは付け加えることばかり考えていた。

『これは、リッチロンドに戻って企画をするときにも役に立つ。だからお前に任せたんだ』

御杖部長がこの仕事を私に担当させた理由を聞かされて、少し意外だった。

『まさか、そんな先まで』

『あたり前だろ。それが上に立つ者の仕事だ。あと野迫川の言いなりになるんじゃない。うちがこの企画を受けて得られる利益を必ず考えるんだ。わかるな、幸せを提供するだけじゃない、その対価をしっかりもらえ』

『この間と話が違う……笑顔をつくるのが私の仕事なんじゃないんですか？』

挙式を一緒に見学したときの御杖部長のセリフに感動したのに。

『理想論だけではやっていけない。ビジネスなんだ、利益を求めるのはあたり前だろう』

『う……はい。おっしゃる通りです』

今さらなにを言っているんだと言わんばかりの見下すような冷たい視線に、心が悲鳴をあげる。

『しっかり利益を上げて俺を笑顔にしてくれ』

もっともらしいこと言って、結局はそこなの!?

『努力します』

出かかった言葉をのみ込んで素直に返事をした私を見て、彼は満足そうだ。

『気分転換に飯でも行くか？』

『いいえ、今はこれを仕上げたいので』

不機嫌になると思いきや、御杖部長はふっと笑った。

『俺の誘いを断る女性はお前くらいだ。まあ、しっかりやれよ』

『はい』

彼は出口に向かいながら、こちらを見ずに手を振る。

バタンとドアが閉まった後、私は大きく伸びをした。時計を見るとまもなく二十二時。彼はまだ仕事をするのだろうか。本社での仕事もあり、こちらに顔を出すのはそう多くない。

それにもかかわらず声をかけてくれたと思うとありがたいと同時に、むくむくとやる気が湧いてきた。上司としてほんの少し声をかけてもらっただけなのに、この気持ちの違いはどういうことだろうか。とにかく彼の言葉ひとつで気持ちが前向きになる。

そういう人なんだろうな。相手の心を動かせるからきっと今の立場にあるんだろう。

『さーて、やりますか』

終電まであと少し。私は気合を入れ直してパソコン画面に向かう——。

そんな……そんな忙しない日々も、今日で終わる。

私はロッカールームでスカーフを結び直し、気持ちを奮い立たせバンケットルームに向かった。

パーティーが始まって、どうにか問題なく進行していく。たまに参加者から、ほかのドリンクは頼めないのか、次の進行はどうなっているのかなど尋ねられ、アイデュナミスのスタッフだけでは対応できない内容をフォローするために走り回った。こういうときに体が自然に動くのは、これまでの経験のおかげだろう。

時にはバンケット内で、時には外の受付で、そしてレストルームやエレベーターにまで常に注意を払う。

今日は日本酒が飲める婚活パーティーなので、会場を和の雰囲気で統一していた。それがなかなか好評で、提案した私も内心うれしくなった。

歓談の時間になり、流動的に動き始めた人たちに目を配る。

「よかったらお撮りしましょうか?」

「え、はい。お願いします」

私はふたり組の女性客に声をかけ、彼女たちからスマートフォンを受け取った。

ここはバンケットルームに続く中庭だ。普段は洋風づくりの庭だが、今日は和風の庭に作り替えた。休憩ができるように目に鮮やかな朱色のフェルト布、緋毛氈《ひもうせん》を敷いた縁台を置いて、手まりや折り鶴なども飾り、噴水には菊を浮かべてある。

「撮りまーす」

にっこりと笑う女性たちに向かって、私は何度か撮影ボタンを押した。

「これでいいですか？」

「はい！　わぁ、かわいく撮れてる」

喜ぶ姿を見てほっとする。

「あの、私たちもいいですか？」

「はい。よろしければこちらはどうですか？　写真映えすると思います」

案内した位置に立った女性たちは、背景を見て顔を緩ませる。次いでかわいらしいポーズを取ると笑みを浮かべた。

私が撮った写真を見た女性たちは、小物も写真を撮っていた。

「ヘイムダルホテルってこんなふうに和風な結婚式もできるんですか？」

「はい、もちろんです。神前式も変わらず人気ですよ」

「へぇ、素敵！　ってまだ相手もいないんですけどね」

婚活パーティーの参加者なのだからあたり前だ。

「では本日、いいご縁がありますように」

私はポケットから取り出した折り鶴を、女性ふたりに手渡した。インカムから指示が入ったので「ごゆっくりお過ごしください」と声をかけて、その場を後にする。

はぁ、楽しそうにしていてよかった。

婚活パーティーは男女の出会いのためのものだ。しかし皆が皆、素敵な人に出会えるわけではない。とくに女性は友人と参加するパターンも多い。本来の目的がかなわなかった人たちにも楽しい時間が提供できるように、女性の好みそうな空間づくりを心掛けた。

さてもう少し。心の中で腕まくりをして、トラブルが発生した場所に早足で駆けつけようとしたとき、どこかから視線を感じて周囲を見渡した。スタッフを捜しているのかもしれないと思い歩きながら気をつけるが、視線の主はわからずじまいだ。

気になっていたものの、インカムからまた指示が聞こえたので私は次の催し物の準備のためにその場を離れた。

「いやー、お疲れさま！　よくやってくれたね。ありがとう」

両手を広げて迫ってくる野迫川社長をゆっくりとかわし、「ありがとうございます」と折り目正しく頭を下げる。

「なに、冷たいなぁ。そういうところが好きなんだけど」

全然へこたれない様子を見て思わず噴き出しそうになった。イケメンなのに本当にもったいない。

「でも、ずいぶん無理言ったのによくやってくれた。ありがとう」

野迫川社長の心からの笑みを見て、やっと今日のパーティーが成功したのだと実感でき、心の底から安堵した。

彼を正面玄関まで見送り、これまでで一番ウキウキした気持ちで事務所に戻る。

「飛鳥、おつかれ」

「あっ、御杖部長。おつかれさまです」

うしろから声をかけられて足を止めた。

「途中で少し様子を見に行ったが、よくやったな。まぁ、ダメなところも山ほどあるけど」

途中で感じていた視線は、御杖部長のものだった。

「今とてもいい気分だったのに、ひどいです」

私が唇を尖らせると、御杖部長は声をあげて楽しそうに笑った。

怒ったふりをしているけれど、内心ではものすごく喜んでいる。彼の期待に応えられたのがうれしい。

「御杖部長、今日は本社での仕事でこちらには来ない予定になっていましたよね。もしかしてわざわざ私に――」

「そんなはずあるか。忘れ物をしただけだ」

彼は手にしているクリアファイルで私の頭をポンと叩いた。

それもそうだ。わざわざ見に来なくても、失敗か成功かは野迫川社長に聞けばすぐにわかるはずだ。

「今日くらいは早く帰れよ。じゃあ」

「はい。お先に失礼します」

私が頭を上げたとき、彼はすでに廊下の先を歩いていた。

まあ、わざわざ私をねぎらいに来るはずないよね。忙しい人だし。

でも偶然でも会えて、声をかけられてうれしかった。もちろん野迫川社長に褒められたのもうれしかったが、それとはまた違う喜びを感じた。

ウキウキした私はその場で大きく伸びをする。ひとつ大きな仕事を成し遂げた自分を褒めたい。

「今日はご褒美にラーメン食べに行っちゃおう」

遅い時間のラーメンは美容の天敵。とくに最近は、少し体重が増えるとがんばっても昔みたいにすぐには落ちなくなってきた。

だから普段は我慢して、こういううれしい日に、おいしいラーメンで自分を甘やかすのだ。

私は腕時計を確認し、ウキウキしながら跳ねるように事務所へ荷物を取りに行った。

第三章　敵をあざむくには味方から

「見てください、飛鳥さん！　これ」

出社後すぐ、香芝さんが私のところにスマートフォンを持ってやって来た。

見せられた画面には、婚活パーティーで撮られた写真が〝#ヘイムダルホテル〟というハッシュタグとともにずらりと並んでいる。

どれも先週末のパーティーで撮影された写真のようだ。

「今回の会場、すごくフォトジェニックでしたもんね。私も写真撮りたかったぁ」

「えー香芝さんにそう言われたら、自信持っちゃうじゃないですかぁ」

彼女の美的感覚はこのサロン内では一番だ。香芝さんが手掛ける式のセンスのよさは常に目を引く。雑誌の撮影の際などは必ずと言っていいほど、彼女が会場のプランニングをするのだ。

そんな彼女の太鼓判をもらえた私は、上機嫌でパソコンのキーをタッチする。

「飛鳥さん、ちょっとこっちに」

「はい」

天川課長から声をかけられて立ち上がり、すぐにデスクに向かう。

椅子に座った天川課長からファイルをひとつ渡された。

「このお客様、あなたが担当してください」

「え？　アシスタントじゃなくてですか？」

ファイルから顔を上げて、上司の前だというのに喜びで満面の笑みを浮かべた。そんな私を見て彼女もにっこりと微笑んだ。普段厳しい彼女の顔を見て、ますますうれしくなる。

「御杖部長が、独り立ちには少し早いけど、そろそろいいだろうって。私も同じ意見です」

私はふたりの期待がうれしくて、ファイルを胸にぎゅっと抱いた。

やっとスタート地点に立った私は、出向を告げられたあの日に抱いていた〝どうして私が〟というマイナスな感情をすっかり解消できている。

我ながらゲンキンなものだと思うけれど、あのときここに来ることを拒んでいたら、今のこの前向きなやる気に満ちた気持ちを味わえなかったのだと思うと、人生ってなにがあるかわからないなと強く思った。

「いただきます」

時刻は二十一時。ヘイムダルホテルの最寄り駅近くを流れる川べりにある屋台のラーメン屋で、私はあつあつのラーメンを前に両手を合わせていた。

新年を迎えて二週間、アイデュナミスの婚活パーティーからひと月が過ぎた。

寒い中震えて食べる屋台のラーメンのおいしさは、今しか味わえないと個人的に思っている。

「熱いから気をつけて食べな」

頭にタオルを巻いた、たぬき顔の大将が私に声をかけた。

昔ながらの中華そば。具はなると、チャーシュー二枚と、それから自家製のメンマが入っている。このメンマがすごくおいしいのだ。これだけでビールが何杯も飲めるけれど、明日も仕事だから今日は最初の一杯で我慢しよう。

ふうふうと息を吹きかけ、箸で持ち上げた麺を冷ます。待ちきれなくて、まだ熱いままの麺を口に運ぶ。

「熱いっ」

わかっていたものの、思わず声をあげる。

「食い意地張ってるな」

隣に誰か座る気配がして、麺を口にくわえたまま振り向く。

「ぐっ……ごほっ、御杖部長」

思ってもいなかった人物がそこにいて、私は麺を喉に詰まらせそうになる。

「ほら、水」

御杖部長がコップに入った水を渡してくる。私は急いでそれを受け取り、一気に喉に流し込んだ。ふぅ、危なかった。

「あの、なんでこんなところに？」

「接待の帰り。今から事務所に戻るところでお前を見つけた」

これからまだ仕事をするとは、やはり私の想像をはるかに超えて忙しそうだ。

「こんなところで悪かったねぇ」

とっさに出た言葉が大将に聞こえてしまっていたようで、しかめ面を向けられた。

大企業の御曹司である御杖部長に屋台が似合わなくて、思わず言葉がポロッと口から出てしまったのだ。

「ごめんなさい、あの今日もとってもおいしいです」

私が慌てて答えると、白い歯を出してニコッと笑ってくれた。どうやら先ほどの無礼発言は聞き流してくれるようだ。

「おすすめはなに？」

御杖部長は白い息を吐きながら、テーブルにおいてあるお品書きを見ている。

「もしかして、屋台初めてなんですか？」

からかいたくてわざとそう言うと、彼は「あぁ」とうなずいた。

「えっ？　本当に、今まで生きてきて、一度も？」

「あぁ。そんなに珍しいか？」

彼の人生では今まで屋台で食事をするという意識がなかったのだろう。本当のセレブなのだと思い知る。

「初めてがうちの店なんて光栄だね。どれもおいしいよ、うちのは」

「じゃあ、ラーメン、いや、チャーシュー麺。大盛りで」

御杖部長の注文を聞いて、大将は「あいよ」と返事してすぐに作り始める。

「お食事、まだだったんですか？」

「接待ではほとんど食べないからな」

彼がジャケットを脱ぎながら、出された水を飲む。

「大盛りだなんて、わんぱくですね」

「なんだよ、わんぱくって。久々に聞いた。いい匂いがするな」

普段はキリッとしていて、乱れたところなど一ミリも見せない彼のリラックスした姿を見て、初めて会ったあの日を思い出して思わず顔が緩んだ。

「なに笑ってるんだ」

「初めて会ったときみたいだなって思ってただけです」

「そうか、ほら早く食べないと冷めるぞ」

「はい、お先です」

私はちょうどよい熱さになったラーメンをすする。すると彼が思い出したように話しだす。

「初めてって、あの最強にブスな顔で俺にすがりついてきたときか」

「し、失礼ですよ。その記憶なくしてください」

「あの日のほかのことは覚えておけと？」

彼がなにを意味しているのかわかって、顔に熱がこもる。

「知りません」

「顔が赤いぞ」

「ラーメンが熱いからです」

「まぁ、そういうことにしておくか」

緩く笑うその姿に、私の口もとも自然とほころぶ。

御杖部長との会話は、ほかの人の目があるときは上司と部下の立場をわきまえたものだけれど、社内での打ち合わせ終わりや休憩時などふたりきりの際は多少の無礼も許される……と思っている。彼もなにも言わないので、勝手に許してもらっていると解釈しているのだけれど。

ときどき思う。彼はあの日のことをどう思っているのだろうか。

面倒な事態になるのを避けるため必要以上に話をしない選択肢もあるのに、そんなそぶりもなくむしろ気軽に声をかけてくる。それは私とのあの夜を後悔していないと暗に示しているようでうれしい半面、本当にそうなのだろうかという思いもありなんだか複雑な感情だ。もちろん、はっきり後悔していると言われたらそれはそれで悲しいのだけれど。

「ん？　どうかしたのか？」

大盛のチャーシュー麺を前に、綺麗な所作で割り箸を割りながら御杖部長が顔を覗き込んでくる。

「いいえ、なんでもないです」

「なんだよ」と笑いながら彼は優雅にラーメンをすすり「へぇ、かなりいけるな」と感心したように箸を進める。

いつもと同じ場所なのにいつもと違うと感じるのは、きっと御杖部長がいるからだ。前々から思っていたのだが、彼がいるだけで周囲が華やかになる。まさか屋台までその効果があるとは思っていなかった。

彼くらいになると、その場の雰囲気さえ変えてしまうのか。

「ここ、私だけの秘密の場所だったんですけどね」

「けちけちするなよ。俺とお前の仲だろう」

それってどういう仲ですか?と聞きそうになってやめた。ただの上司と部下だとわかりきっている。それなのに、私は彼からどういう言葉を聞きたかったのだろうか。

なんでこんなふうに考えちゃうんだろう。御杖部長とは出会いがあんなだったから、そう思うのかな。

考え込んでいると、目の端でひとりの男性の姿を捉えた。

「あれ、あの人林《はやし》様だ」

「ん?　知り合いか?」

私の視線をたどるように、御杖部長も彼の方を見る。

「うちのお客様です。アイデュナミスでお相手を見つけて半年後に挙式予定です」

「なるほど。住まいがこの辺りなんだな」

「いいえ、違うはずですけど……でもよく会うんですよ。コンビニとか朝のカフェとかスーパーとか。あ、いなくなった」

説明しているうちに林様はいなくなっていた。いつも話はしないが会釈程度はするのに、今日は気がついていないのかもしれない。

「そんなによく遭遇するのか？」

御杖部長が訝《いぶか》しげに、林様がいなくなった場所を見ている。

「行動パターンが似てるのかも」

ラーメンを食べながら答えた私に、御杖部長は小さくため息をついた後「気をつけろよ」と言う。なにに気をつければいいのかわからないが、すぐに別の話題になったのでそれ以上とくに気にしなかった。

「仕事はどうだ？」

「はい。楽しいです」

まだまだできていないことも多い。天川課長の雷がつい最近も落ちた。それでも新郎新婦と向き合い、ふたりの幸せの出発点となる結婚式を一緒につくる仕事はとてもやりがいがある。

「そうか、お前は逞しいな」

「それって褒めてますか？」

少しの非難の意を込めて、目だけちらっと御杖部長を見る。

「褒めてるに決まってるだろ。よくがんばっている」

普段は嫌みの方が多いのに、突然まともに褒められたら気恥ずかしくなる。

「あ、ありがとうございます」

「男にふられても、同僚に意地悪されても、急に理不尽に出向を命じられても、それでも置かれた場所でがんばってる」

「あの、やっぱり褒めてませんよね？」

「いや、すごいと思ってるさ」

笑いながら言う彼の声色は優しい。きっとさっきの言葉も嘘ではないのだろう。私も素直に受け取るべきだ。

「あの頃は本当にどん底でしたから。まぁ、御杖部長みたいに将来が約束された人は経験しませんよね。あ、なんだかひがみっぽくなってしまって……すみません」

「いや。それに俺だってなにもかもが思い通りになるわけじゃない」

食べ終えた彼は箸を置き、ふとつぶやくように言葉にした。

私はどういう反応をしたらいいのかわからず、言葉を待つ。

「聞きたい……って顔してるな」

「まぁ、興味はありますね」

「生意気だな」

「すみません」

彼は小さく含み笑いをして、それから口を開いた。

「小さい頃、パイロットになりたかったんだ」

「はい？　あ、すみません。なんかいきなりで」

唐突な話題に、思わず失礼な声が出た。しかし彼は気にする様子などなく、テーブルに手をついて話を続ける。

「だが少し成長すると目の前に敷かれているレールが見えるわけ。そこから逃げられない。将来を選べない人生だから。それでもなんとか自分の希望を通して、アメリカでの仕事を軌道にのせたのに、次は日本で。いいように振り回される人生に嫌気が差してたんだ。勘違いするなよ、ホテルに関わる仕事は嫌いじゃない。それでも投げ出したくなるときがあるって話」

「それは……さっき失礼なことを。すみません」

のんきに将来が約束されたなんて言ってしまって後悔した。それがずっと彼を縛ってきたのに。

「別にいいさ。俺が言いたいのはそこじゃなくて、お前は理不尽に押しつけられた環境でも、そこで楽しさややりがいを見つけて前向きにがんばっていて、偉いな……って話だよ」

「そんな。ただがむしゃらなだけです。やるしかないから」

「それができないやつもいる。なんてな、悪い。今日の俺の愚痴は聞かなかったことにしてくれ。上司が部下にする話じゃない」

少し気まずそうにしている御杖部長が新鮮だ。

「別にいいじゃないですか、今は上司と部下じゃないですから」

気を使ってわざとふざけて告げた。

「じゃああの日のふたりに戻るか」

そのセリフに言葉を失った私は、目を見開き彼を見つめる。

〝あの日〟がいつを指すのか、もちろんわかっている。彼はそれを望んでいるの？

黙ったままの私の視線を彼が受け止める。その目が普段とは違い、あの日と同じ色をはらんでいるような気がするのは私の勘違いだろうか。

視線が絡んだのはほんの数秒で、それを壊したのはスマートフォンの震動音だ。彼が渋々といった様子で、ジャケットの中から取り出し画面を確認している。

「仕事に戻る。お前も早く帰れよ」

一瞬にして先ほどの雰囲気が霧散した。目の前にいるのはいつもの〝御杖部長〟だ。

「あ、はい。お疲れさまです」

彼が立ち上がったとき、ふと女性ものの香水の匂いが香り、ドキッとする。香水の香りが移るほど女性の近くにいたのだと思い、その事実に胸にぎゅっと押しつぶされたような痛みが走る。

以前、野迫川社長が持ってきていたお見合い写真の女性の顔が思い浮かぶ。もしかしたらその人と会っていたのだろうか。いや、接待だと言っていたし、仕事相手が女性というのもありえる。

そもそも彼がプライベートで女性と会っていたとしても、私にはなんの関係もないのに。向こうへと歩いていく彼の背中を見て、寂しく感じるのはどうしてだろうか。

私も、あの日のふたりに戻りたいと思っているの?

それは彼を、上司ではなく男性として見ているという意味だ。もしそうだとしたら、そんな不毛なことがあるだろうか。

相手は世界的に有名なホテル会社の御曹司。それに、まもなくお見合いをして彼の隣に立つべき女性と結婚するだろう。そう、甘い香りの香水が似合う女性と……。

そこまで想像して胸が苦しくなった。

私は目の前にあるぬるくなったコップの水を一気にあおり、勢いをつけて立ち上がった。

変なことを考えていないで帰ろう。明日も仕事なんだから。

自分にそう言い聞かせるけれど、胸の中のもやもやはなかなか消えてくれなかった。

それから一週間、忙しいながらも充実した日々を送っていたある日。

すべてのお客様を見送り、凝り固まった肩をほぐしながらサロンの照明を切ろうとしたとき、ひとりの女性がやって来た。

「山口《やまぐち》様？　いかがなさいましたか？」

女性は私の担当するお客様で、林様のお相手の山口美和《みわ》さんだ。今日予約はなく、閉店間際に突然現れたので驚いて駆け寄る。これまでの打ち合わせで見せていたような笑みはその顔になく、週末の打ち合わせをキャンセルしたいと言われたばかりだったので心配だ。

「キャンセルされた打ち合わせなら気にせず次回に――」

「次回なんてないわ」

「あの……？」

聞き間違えたかと思い聞き返そうとした次の瞬間、山口様は私に掴みかかった。

「この泥棒猫。人の婚約者によくも！」

「待ってください！　落ち着いて」

勢いでテーブルにぶつかり、上にのせていた一輪挿しが落ちて派手に割れた。その音で事務所から数人スタッフが顔を出す。

「どうされましたか？」

天川課長の声に振り向き、私は助けを求める。襟ぐりを掴まれているが、相手はお客様だと思うと強く引き剥《は》がせない。天川課長はこれはただごとではないと悟ったのか駆け寄ってきて、すぐ間に入ってくれた。

「山口様、落ち着いてください。飛鳥さん、これはいったいどういうこと？」

私は状況がわからずに、ただ首を振るしかできない。その態度が山口様の怒りの炎に油を注いだ。

「あなたが私の婚約者に手を出したんでしょ？　優《まさる》のスマホの中にあなたの画像が

大量にあったんだから！」

　突きつけられた画面には、複数枚の写真があった。どれもスマートフォンの画面を直撮りしたものだ。山口様の言い分を信じるならば、おそらく林様のスマートフォンの画像を撮影したのだろう。

　たしかに彼女の言う通り、その画像に写っているのはどれも私だった。しかし私が正面を向いているものはなく、遠くから撮影されている。撮られた記憶もないし完全に盗撮だった。天川課長もそれに気がついたようで、黙ったまま息をのんだのが伝わってきた。

「泥棒！　あんたなんかウエディングプランナーの資格ない！　疫病神」

「そ、ん……な」

　身に覚えがないのに私は反論すら許されず、まっすぐ自分に向かってくる非難の言葉を受けて傷つく。

　これまでできないなりにも一生懸命やってきた。経験や知識が乏しいぶん、新郎新婦に寄り添い、話に耳を傾けてきたつもりだったのに……。

　悔しさで涙が滲む。

「飛鳥さん、しっかりしなさい」

小さな声で天川課長に諭され、私はなんとか涙を耐える。

「優を返して！　彼は私のものなんだからっ！」

金切り声がサロンに響く。すると入口からひとりの男性が飛び込んできた。林様だ。

「優！」

彼にはここに来ることを告げていなかった様子で、私の方に憎悪の視線を向ける。

「あなたが呼んだの？　今日会う約束をしていたの？」

「いいえ、まさかっ！」

さすがにこれ以上誤解されてはたまらないと思い、思いきり否定する。

「美和、君はこんなところでなにをやっているんだ？」

林様がやって来たので誤解が解けて事態が収拾すると思い、私も天川課長もわずかに緊張を解いた。しかし彼のただならぬ様子を見て、その判断は間違いだとすぐに気がつく。

「飛鳥さんを困らせるな。彼女は僕の大切な人だ」

私は目玉が飛び出るほど大きく目を開いた。天川課長も驚いたらしく、私の方を見ている。

山口様は目に涙をためて、信じたくないというように顔を左右に振っている。

なんでこんな事態になってるの！

「なにをおっしゃっているんですか⁉　林様の大切な方は山口様じゃないですか！」

さすがにもう黙っていられないと思い口を開く。ふたりで将来を誓い、半年後に式を挙げるはずだったふたりになにがあったのだろうか。

「飛鳥さん、そんな寂しいこと言わないで。だって君は、僕に笑いかけてくれたじゃないか。優しく話しかけてくれたし」

「それはお客様には皆、そのようにしております」

まさかただの接客で誤解をさせてしまったなんて。

「そんなに照れなくてもいいよ。君が僕に向けてくれた笑顔は特別だって知っているからね」

そう言いながら見せられたのは、彼のスマートフォン。そこには山口様が見せてきたのと同じような写真が、驚くほど大量にあった。

あまりの衝撃に心臓がドクンと大きく鳴った。ここがサロンでなければ悲鳴をあげていたかもしれない。

怖くなった私は、思わず天川課長の腕にしがみついた。

「おふたりとも今日のところはお引き取りいただいて――」

「嫌よ、その女に土下座させてちょうだい。そうじゃなければ、人の男を寝取るウェディングプランナーだってネットに書き込んでやる」

「美和っ！　僕の飛鳥さんを傷つけるな！」

だから〝僕の〟ってなに！　もう頭がおかしくなりそう。

これ以上話を聞きたくない。私は頭を抱えてその場に座り込みそうになった。しかしその腕を誰かが支えてくれる。振り向くと、そこには御杖部長が立っていた。

「大丈夫か？」

小さな声で尋ねられて、いつも通り取り繕おうとした。

「あの……はい」

「本当に？」

私を心配する彼の視線に思わず本音が漏れた。

「無理……です。助けてください」

自分ではもうどうすることもできない。私はまた御杖部長が差し伸べた救いの手にすがる。

「わかった。俺がなにを言っても話を合わせるんだ」

私は藁にもすがる思いで、彼の言葉にうなずいた。

「失礼いたします。私はここの責任者の御杖です。なにか不手際がございましたか」

責任者が出てきて、山口様の怒りの熱がわずかに冷める。

「この女が、私の婚約者をうばったんです」

「弊社の飛鳥がですか？　間違いないのですか？」

林様に確認を取れば、彼は自信ありげにうなずいた。

「はい。彼女はまもなく僕のものになります」

はっきりと言いきったその様子に、悪寒が走る。式の打ち合わせ以外でほとんど話をした記憶もないのに、どうしてそういう考えに至ったのか理解できない。

「ちが――」

否定しようとした私を、御杖部長が止める。

「おかしいですね。私は他人と婚約者を共有するつもりはありませんが。そうだろう、未央奈」

「はい、えっ？」

今、未央奈って呼んだ？

天川課長もそれに気がついたのか、一瞬驚いた顔をして私と御杖部長の顔を見る。

「なにか誤解をされているようですが、彼女はすでに私のものですから。人の婚約者に手を出すのはいくらお客様でも容認できません」

「ここ、婚約っ」

とんでもない展開に目を白黒させる。そんな口からでまかせ、誰が信用するの？

「彼女が恥ずかしがるので職場では伏せていましたが、事実ですので。黙っていてすみません。こんな誤解を招くなら、もっと早く公にすべきだったな」

私に同意を求めた御杖部長は、初めて見る甘い笑みを浮かべている。一方の私は、鯉のように口をパクパクさせてどうすべきなのかわからずに戸惑い続ける。

「いいから、笑って」

御杖部長が耳もとでささやいて、やっとぎこちない笑みを浮かべるので精いっぱいだった。今この場を収めるにはこうするしかない。

すると山口様が急に声をあげて笑いだした。

「あはは！　優ってば恥ずかしい。彼女、婚約者がいるんじゃない。ざまあみろだわ。よかった、こんなダサい男と結婚しなくて済んで」

山口様は林様の前に立ち、パァンと小気味よい音を立てて彼の頬を引っぱたき、そのままサロンを出ていった。

私は驚いてなにもできないが、代わりに天川課長が駆け寄る。

「林様、大丈夫ですか？」

しかし彼は無言のまま、天川課長を無視して出口に向かう。そして最後にちらっとこちらを見た。その目は充血していて、御杖部長に肩を抱かれている私をじっと睨んでいる。

背筋にぞくっと悪寒が走り、恐怖で足が震えて思わず御杖部長の腕にしがみつく。それを見た林様は、走ってサロンを出ていった。

彼の気配が消えた瞬間、緊張の糸が切れてその場に倒れ込みそうになる。それを支えてくれたのはやはり御杖部長だった。

「大丈夫か？　ここに座って」

用意してくれた椅子に座って大きな呼吸を何度か繰り返すと、やっと気持ちが落ち着いてきた。

騒ぎを聞きつけた香芝さんやほかのスタッフも、サロンに出てきて様子をうかがっている。

「落ち着いたか」

隣に座った御杖部長が、私の頭を優しくなでた。その手の大きさにほっとして私は小さくうなずく。

それを見ていたスタッフのざわめきで、私は正気に戻った。

急いで彼から距離を取ろうとしたが、逆に肩を抱き寄せられた。

「あの、もう大丈夫ですから」

かどが立たないようにやんわりと手を添えて断る。すると今度はその手をぎゅっと握られた。遠巻きに見ていたスタッフから「きゃあ」と黄色い声があがる。

「強がらなくていい、今日くらいは甘えて。怖かっただろう?」

御杖部長のやわらかくいたわるような声に、違和感しかない。

「あの……なに言ってるんですか? いい加減、演技やめてください」

みんなの手前、上司の御杖部長にいつものように強くは言えない。だから小声で伝えたが、彼はなぜだかニヤリと意地の悪い笑みを浮かべる。これはなにかよくないことを考えている顔だ。嫌な予感しかしない。

「いいから、まだ話を合わせて」

「でも……」

反論するもぎゅっと抱きしめられ、あまりに近い距離に胸がドキッとしてしまい抵抗が遅れた。

「ちょうどいい機会だから、みんなに報告する。俺と飛鳥さんは先日無事婚約した」

「えっ！　痛いっ」

誰よりも大きな声で驚いた私の足を、彼がテーブルの下で軽く蹴った。余計なことをしゃべるなという牽制だ。助けてもらった手前強く出られない。

「わぁ、おめでとうございます」

香芝さんがパチパチと手を叩き、周囲もそれにつられて拍手をした。天川課長まで……。

いつ、どこの誰と誰が婚約したの？

「みんな、ありがとう。今回はこんなトラブルになったが、彼女はもちろん、このサロンは俺が守るので、みんな安心して仕事をしてほしい」

すらすらと嘘が口から出てくる隣の男の顔を、信じられないという思いを込めて見つめる。しかしそんな不信感いっぱいの私など気にする様子もなく、彼は終始笑みを浮かべていた。とんだ役者だ。

「未央奈。今日は怖かっただろうから送っていく。みんなも早めに上がって。気をつけて帰るように」

「はい」

声を揃えて返事をするみんなを、私はぼうっと眺めていた。

ふかふかのシート、丁寧な運転。こんなときでなければつかの間のドライブを楽しむ余裕があったかもしれない。しかし私は隣にいる御杖部長に不満をぶつけていた。

「どうして、みんなの前であんな嘘ついたんですか？」

「敵をあざむくには味方からって言うだろ？」

「いやそれはそうかもしれませんけど、いやいや！　騙《だま》されませんよ」

口車にうまくのせられそうになって慌てる。

しかし御杖部長はさっさと話題を切り替えてしまう。

「疲れただろう？　食事でも行くか？」

「お気遣いありがとうございます。でも今日は遠慮しておきます」

一刻も早く家に帰って、あったかいお風呂にゆっくり浸かりたい。そしてなにも考えず泥のように眠りたい。

「わかった、じゃあ送っていくから住所教えて」

場所を伝えると次の角を曲がって、私の自宅方面へ走り出した。

「しかし面倒なトラブルになったたな。あの程度の牽制であきらめてくれればいいけど」

「そうですね……あのふたり破談ですかね」

「まあ、それは間違いないだろう。まだ籍を入れる前でよかったじゃないか」

そういう考え方もできるだろう。しかし私は新婦の山口様の打ち合わせ中の幸せそうな笑顔を思い出すと胸が痛い。彼女の思い描いていた幸せな未来は、もう二度と手に入らないのだ。自分と状況が違うとはいえ、彼女の思いを想像すると簡単によかったとは言えない。

「私が担当していなければ、ふたりは幸せな式を迎えられたかもしれません」

ついそう思ってしまう。

「お前が気に病む話じゃない。相手の一方的な感情だ、いわば被害者だろう？」

事実そうなのだが、心の中に鉛を抱えているかのように気持ちが沈む。

疲れていてつくり笑いすらできない。自分がどうすればよかったのかと思い悩む。

ふと外を見ると、間もなく自宅マンションだった。

「そこの白いマンションです。端が来客用の駐車場になっているのでいったん停めてください」

私が指さしたところに、彼が車を停めた。

「エントランスまで送る」

車を降りようとする彼を止める。

「いえ、ここまでで平気です。すぐそこなので」

目と鼻の先というのを確認して御杖部長は納得してくれたようだ。

車を降りる際にもう一度お礼を伝え、エントランスに向かって歩いた。

わずかに入り組んだ場所にあるオートロックを解除しようと、最初のキーに指が触れた瞬間「飛鳥さん」と名前を呼ばれ、反射的に振り向いた。

私の心臓が止まりかける。

「ひっ」

そこに林様が立っていたのだ。悲鳴をあげようにも怖くて声が出ない。

「遅かったね」

そう言ってにっこり笑った彼の顔を見た瞬間、私は踵を返して震える足をなんとか動かし、エントランスから逃げ出した。

どうして家の場所まで……。心臓が恐怖でドキドキと嫌な音を立てている。背後を見ると林様がこちらに向かってきている。

泣くのを我慢して走るが、つまずいてヒールが脱げてしまい、慌ててヒールを拾い裸足《はだし》のまま必死に駆けていたら、背後から足音が近づいてきて肩を掴まれた。

「ひっ！　放して、やだ」

怖くてその場にうずくまる。痛いくらい心臓が暴れている。

「飛鳥。俺だ、落ち着け。どうかしたのか？」

声を聞き、顔を上げて相手を見た瞬間、我慢していた涙が頬を伝う。

「御杖部長。うしろ、林様が……」

それ以上言わなくても彼は理解してくれた。

「車に乗って待っていろ」

彼はそう言うや否や、私のマンションの方へ駆け出した。

言われた通り急いで車に乗り、待つこと数分。

人影が近づいてきて驚いた私は、それが御杖部長だとわかりほっとして体の緊張を解いた。

「悪い、取り逃がした」

運転席に座った彼は、息を切らしながら顔をしかめている。全力で林様を追いかけてくれたのがわかる。

「お前が走って出てきたのを見て、様子がおかしかったから来てみたんだが、遅かったな」

「いえ、ありがとうございます。すみません、巻き込んでしまって」

本来ならば自分で解決しなくてはいけない話だ。それなのに私は怖くて、ここで待っているだけだった。

「巻き込む？　他人行儀なこと言うな。お前は俺の婚約者だろ？」

「それは建前で――」

「建前でもなんでも、お前はいつもひとりでなんでもやろうとしすぎだ」

彼の言う通りかもしれない。これまで自分の面倒は自分でみてきた。それがあたり前だったからだ。けれどこういうときに、隣に人がいてくれるだけで、これほどまでに心強いのかと思う。

それは彼だからかもしれないが。

「はい、助けてくれてありがとうございます」

本当は怖くて仕方がない。だから素直に彼に甘えた。

すると彼の大きな手が伸びてきて、私の頭を優しくなでた。そうされることで緊張の糸がプツッと切れて、また涙がぽろぽろこぼれ落ちる。

「す、すみません、なんだか急に涙が」

慌てて目をこするけれど、流れだした涙は止まらない。

「怖かったな」

そう言った彼の手が私を抱きしめた。彼の胸に顔をうずめて泣き続ける。彼はそんな私を守るように胸の中で慰めてくれた。

御杖部長の通報後、間もなく到着した警察官に状況の説明をしたけれど、実際に被害が出たわけではないので被害届を出せないと説明された。パトロールは強化するが今できるのはそこまでだと言い、警察官はすぐに帰ってしまった。

決まりだから仕方ないが、不安が募る。

がっかりと肩を落とした私に、御杖部長がかけた言葉は驚くものだった。

「荷物をまとめて、俺の部屋に行くぞ」

「え、どうして」

なぜそんな話になるのだろうか。

「いいか、林はお前の部屋を知っている。またやって来る可能性がないわけじゃない」

「あっ……」

たしかに林様が偶然ここに来たとは考えづらい。そう思うと背筋が凍るほどぞっとする。

「それならホテルにでも泊まります」

「ダメだ。安心できない。それに、いつ解決するかもわからないのに、ずっとホテル暮らしできるのか？」

「それは……無理ですね」

過不足なく生活できるくらいの給料はもらっているが、ホテルに長期ステイするとなると話は別だ。現実的に考えて難しい。

「それならうちに来ればいい。婚約者なんだから。俺が囲い込んでいたら向こうが手出しできないし、うまくいけばあきらめるだろう」

「それはそうかもしれませんが」

さっきから〝婚約者〟って、御杖部長がその場しのぎで言っただけなのに。

歯切れの悪い私の様子をうかがっていた彼が、なにか思いついたのか私の顔を至近距離で覗き込んだ。

「うちに来るのが嫌だって言うなら、俺がお前の部屋に住むか。それもいいいな」

「なんでそんなことに⁉　絶対無理です」

今朝の部屋の状況を思い出して、とんでもないと断る。

「それなら、うちに来るしかないな。俺はどっちでもいいが」

私に選択肢などなかった。

「う……よろしくお願いします」

私が頭を下げたのを見た御杖部長は、顔を緩ませた。

「じゃあ、荷物を取りに行くぞ」

私が返事をする前に、彼はさっさとエントランスに向かって歩く。まさか部屋に来るつもりだろうか。

脳内には昨日から干したままの下着や、朝飲んだコーヒーのマグカップ、それに出社ぎりぎりまで資料作りをしていたので、参考にしていた雑誌の切り抜きがあちこちにちらばった様子が浮かび上がる。

そのような惨状の場に彼を入れるわけにはいかない。私は急いで彼の前に回り、立ち塞がった。

「御杖部長はここでお待ちください」

「荷物を持ってやるって言ってるんだ。人の善意は素直に受け取るものだ」

「いやもうこれまでで十分です。ですから――」

「遠慮するな」

「いや、だから！　下着干してたり、部屋が散らかってたり、見られたくないんですっ！」

なりふりかまっていられず、必死になって事実を告げた。

彼は驚いたように目を見開いたが、次いで声をあげて笑いだした。

「そっか。そうだよな。悪い悪い」

思いきり笑われて、私は羞恥心で顔を熱くする。

「そんなに笑わなくてもいいじゃないですか。急だったんだから仕方ないでしょ」

唇を尖らせる私を見て、彼はおなかを抱えて笑っている。

「じゃあ、待っているから準備してこい。あ、スマホはすぐに使えるよう手に持っておくように」

「はい。いってきます」

私は御杖部長に見送られて、マンションの部屋に荷物を取りに戻った。

散らかったままの部屋に目をつむり、必死になってバッグに荷物を詰める。

施錠をしっかり確認して、エレベーターホールに出て驚いた。下で待っているはずの御杖部長が、壁にもたれてスマートフォンを操作していたからだ。

「お待たせしてすみません。車で待っていただいてよかったのに」

急いだけれどそれなりに時間はかかった。いったいいつからここで待っていたのだろうか。

「マンションの共用部だからって安心できないだろ。あいつはこの部屋も知ってるだろうから」

「あ、たしかにそうですね」

私の危機感のなさに御杖部長はあきれた顔をする。

「すみません」

「いや。ほら、荷物貸せ」

「あっ」

上司に持たせるなんてダメだと思っていたら奪われ、彼はさっさと到着したエレベーターに乗り込む。私は慌てて後を追って、一階のボタンを押した。

車で約二十分ほど走ると、御杖部長のマンションに到着した。

セキュリティ万全の立派な入口に思わず尻込みしてしまう。さすがは御曹司だけあって、想像のはるか上をいく豪華さにしばし言葉を失った。

「あの、ここは、私のような庶民が足を踏み入れても平気なのでしょうか？」

「別に問題ない、俺の部屋に誰を住まわせようが俺の勝手だ」

こともなげにスタスタとエントランスを歩いていく。カウンターにいたブラックスーツの男性ふたりが「おかえりなさいませ」と頭を下げている。

まるでホテルのような出迎えに、そわそわしながら軽く頭を下げて御杖部長の後に続いた。

「そもそも十戸もない建物だから、住人は多くない。身元もしっかりした人ばかりだから安心して。部屋は三階」

「はい」

エレベーターはすぐに到着して驚いた。目の前のガラスの向こうには芝生が植えられており、木や鉢植えが並んでいる。

「庭があるんですか?」

「あぁ、言われてみれば一度も出てないな。このフロアはうち一軒だけだから好きに使えばいいさ」

「えっ、このフロア全部?」

続く廊下を見ると、たしかに入口らしき扉はひとつしかない。自分の想像をはるかに超えた豪華さにくらくらする。

「なにしてる、早く来い」

ハッとして声の方を見たときには、彼はすでにドアを開けて私を待っていた。

「はい、すみません」

慌てて中に入り、先を歩く御杖部長の後に続く。案内されたリビングに入った私はまたもや驚きの声をあげた。

「すごい」

言葉を漏らし、キョロキョロとあちこちを見渡す。

三十畳以上はあるリビングダイニング。奥に見えるキッチンだけでも私が暮らす部屋より広い。全体的に綺麗に片づけられている……というより、物が少ない。その中で、壁一面の本棚にずらりと並ぶたくさんの書物が存在感を放っていた。

私の部屋とは雲泥の差だわ……。

急いで準備をしたので余計に散らかった自室を思い出してげんなりする。

「疲れただろ、とりあえず風呂はそっち好きに使って。寝室は向こうだから。あ、食事はどうする？」

腕時計を確認したら、すでに日付が変わろうとしている。

「食欲なくて、今日はやめておきます」

怒涛の一日だった。一刻でも早く休みたい。

「たしかに、そうだよな」

彼も無理に勧めてくるようなことはなかった。

「あの御杖部長は？」

「俺はまだ片づけないといけない仕事があるから、あっちの部屋にいる。キッチンや冷蔵庫の中身も好きにしていい。とりあえず休め」

御杖部長は言い残し、寝室の隣の部屋に入っていった。

主よりも先にお風呂をいただくのは気が引けるが、今日は本当にいろいろなことがありすぎて心身ともに疲れている。お言葉に甘えさせてもらい、私は豪華なバスルームを堪能して、体が温まり少し緊張が解けた状態で寝室だと言われた部屋に向かった。

「わぁ、ここもすごい」

絨毯やファブリックは落ち着いたチャコールグレーで統一されており、ダウンライトの明かりは黄色味がかっていて、ゆったりと過ごせる空間になっている。

しかもそこにはかなり大きなベッドが置かれていた。

「すごい、キング？　クイーン？　どっちの方が大きいんだっけ？」

普段滅多に寝ないサイズのベッドだ。もはや大きささえわからない。

「さすがヘイムダルリゾートの御曹司。客人にこんなに大きなベッドを用意するんだ……あぁ、最高」

ふかふかのベッドの誘惑に勝てずに、ごろんと横になる。いい感じで体が支えられて、思わずゴロゴロと堪能する。

「いや、こんなことしてる場合じゃなかった。寝なきゃ、明日も仕事なんだから」

日付はすでに変わってしまっている。一秒でも早く眠りにつきたいと、私は布団に入り目をつむった。

最高級であろうベッドが、私の体を包み込み眠りにいざなった。


うしろから誰かの足音が聞こえる。早足で歩けば早くなり、ゆっくり歩けば足音もゆっくりになる。間違いなく誰かが私を追ってきている。逃げなきゃ、と本能のまま走り出す。しかし足音は離れるどころかどんどん近くなってきた。

息が上がって苦しい。けれどここで足を止めたら相手につかまってしまう。そのとき私の肩に手がのせられた。

「きゃぁあああああ」

大きな声をあげた私の耳に「飛鳥、おい、飛鳥」と聞こえる。しかし私は拒否するように首を左右に振った。

「未央奈！」

至近距離で名前を呼ばれ、ハッとして目を開ける。そこには心配してこちらを覗き込む御杖部長の顔があった。

「あ、あの……私……」

声がかすれてうまく話せない。寝室のドアの隙間から廊下の明かりが差し込んでいて、時計を確認するとまだ眠って一時間ほどしか経っていなかった。夢だと気がついたとき、目尻からひと粒涙がこぼれた。

「すごくうなされていた。大丈夫か？」

「あの、はい」

隠すようにして慌てて流れた涙を拭う。しかしその手を彼が掴んで止めた。そして私を優しく抱きしめる。

「無理をしなくていい」

優しい声に諭されて、私はその胸に顔をうずめた。しばらくすると、恐怖からくる胸の苦しさは和らいでいった。人肌というのはこんなにも気持ちを穏やかにするのだと、こんなときなのに感心する。

「あの、ありがとうございます。もう大丈夫です」

私の言葉で回されていた腕が緩む。顔を上げたら、私を見つめる彼と目が合った。まだ心配をしている様子でこちらを見ている。

「すみません、平気だと思ったんですが、自分が思っているよりも今日の出来事がショックだったみたいです」

「あたり前だろう。身に覚えのない相手に一方的な好意を寄せられて追いかけられたんだから、怖いに決まっている」

「明日からどうなるんでしょうか」

「不安だと思うが、気をつけるほかない。ただここにいる間は安全だし、職場でも配慮するようにするから」

こんな形で周囲に迷惑をかけてしまい申し訳なく、肩を落とす。

「すみません」

「お前が謝ることじゃない。ほら寝るぞ」

「はい、おやすみなさい」

「ん」

短い返事をした彼が、布団をめくって中に入ってきた。私の中に疑問符が浮かぶ。

なぜ彼もここで寝ようとしているのか。

「あの、私もうひとりでも平気なので」

「そうか、落ち着いてよかった。おやすみ」

「はい」

こんな会話を交わしたにもかかわらず、まだ彼は布団の中だ。私は体を彼の方に向けてもう一度同じ内容を、もう少しわかりやすく伝える。

「あの、私もう大丈夫ですから、御杖部長はご自身のベッドでお休みください」

「ここが俺のベッドだ」

「へ？」

自分でもマヌケな顔をしている自覚はある。しかしそうなっても仕方ないだろう。

「ここは俺とお前のベッド、わかった？」

「はい……いや、わかりません！」

きっぱりはっきり言われてそういうものかと思いそうになったけれど、それは困るので慌てて飛び起きる。

「なんだよ、いきなり元気だな」

「いや、そりゃそうでしょう？　ここで一緒になんて……私がリビングのソファで寝ますっ」

枕を持って立ち上がろうとしたら腕を引っ張られて、ボフンとバウンドしながら布団の中に引き込まれた。

「な、なにするんですかっ！」

「俺が女性をソファで寝かせたなんて噂になったら、末代まで笑われる」

「いやいや、大げさな。それに私が言わなければバレないですから」

「いや、ご先祖様が見ている」

「御杖部長そんなこと言うタイプでしたか？」

「知らん」

知らんって……なに？

なんとか抜け出そうにも、それを阻止しようとする彼にぎゅっと抱きしめられた。

「こんなにいい抱き枕、手放すわけないだろう」

「抱き枕っ？」

私はモノ扱いなの？

でも、迷惑だけかけてなんの役にも立っていない現状からして、抱き枕以下かもしれない。

「いいから、黙って。こういう日はひとりで寝ない方がいい。それに一緒に寝るのは初めてじゃないだろう」

「それは……そうですけど」

あのときとは状況が違う。勢いでああなったことは後悔していないけれど、こんなふうに今になって言われるとどう返していいのかわからない。

「ほら、明日も仕事だろ、寝ろ」

「え、あの……はい」

もうこれ以上の押し問答は無駄だとあきらめ、彼に背を向けて目をつむる。すると背後から彼の手が伸びてきて、さらにぎゅっと私を抱きしめた。

背中に感じる彼の体温、恥ずかしいしどうしてこうなっているのか理解できないけれど、心地よい。心が彼のぬくもりを欲しているのかもしれない。

こんなにも気を使ってもらい申し訳なくなってくる。

「あの……」

「なんだ、まだなにかあるのか？」

少し面倒そうな声が返ってきて、この先の言葉を続けるか悩む。しかし私は思いきって聞いてみた。

「あの、本当に寝るだけで大丈夫ですか？」

「やぶからぼうに、なに言いだすんだ。したいのか？」

背後から完全にあきれた声が聞こえて、すぐに後悔した。

「いや、違います。違うんですけど……迷惑ばかりかけているのにお返しするものがないので。いえ、変なこと言ってすみません。おやすみなさい」

見当違いのことを言ってしまった恥ずかしさで早く会話を終えたくて、体を丸めて目をつむる。一緒のベッドに寝るからって、誤解してしまって恥ずかしい。

「あのなぁ、無理しないでいい。傷ついた女性を無理に抱くような趣味はない。余計な気を回すな。今は心も体も休めろ」

「ごめんなさい……なんだか面倒なこと言いだして」

自分が情けなくて羞恥心と混ざり泣きそうになる。

「いいから、なにも考えずに眠れよ」

私が声もなくうなずくと、彼はもう一度私をぎゅっと抱きしめた。そして耳もとに唇を寄せてきてささやいた。

「俺がお前を抱きたいと思ったときは正々堂々とそう言うから、覚悟しておけ」

「……はい」

彼の息が耳にかかりドキッとする。それ以上の言葉はなかったけれど、彼の優しさに包まれているような気持ちになる。

こんなふうに、人に心配されて守られたのはいつぶりだろう。

ずっとひとりでがんばってきて、それが間違いだったとは思わない。けれどこうやって彼の温かさに触れていると、その心地よさに離れがたくなり甘えてしまう。やすらぐ気持ちとともに、自分らしくないという気持ちも湧いてくる。

とにかく彼と一緒に過ごせば過ごすほど、弱いところをさらけ出してついつい寄りかかってしまう。なぜ彼ばかりに……と思うけれど、理由はわからない。

いろいろと考えても答えは出ない。しかし久しぶりに人のぬくもりを感じながら眠る夜が、私の心も体も元気にしてくれたのは確かだった。

第四章　友達以上、婚約者未満

「た、たたた……たい、大輝さん」

「はぁ、なんだよそれ。名前呼ぶのどんだけ下手なんだ」

あきれた顔で私を見下すように見ている目の前のイケメンは、ヘイムダルホテルを経営するヘイムダルリゾートの御曹司でありブライダル事業部部長、そして先日から私の偽の婚約者になった男だ。

事業部長室でプレジデントデスクに座る彼の横に立ち、名前を呼んでみたけれどうまくいかない。

「下手とかないですよ、名前呼ぶだけなのに」

唇を尖らせた私の鼻を彼がつまんだ。

「だったら、最初の〝たたたた〟っていうのはなんだよ。ほら呼んでみろ」

「……大輝さん」

「微妙な間があったが、まあいい」

しぶしぶ与えられたような合格だったけれど、この恥ずかしい状態から解放されるとならば此末なことだ。
「婚約している俺たちがぎこちなければ、周囲が変に思うだろう」
「本当の婚約じゃないんだから、と言いそうになったが、これを言うと彼がなぜか不
機嫌になるので口を慎む。

不満を表すようにわずかに尖らせた唇に、彼がふいに小さなキスを落とす。

「あ……っ、なにするんですかっ！」

突然のことに驚いて思わず口調が荒くなった。

「お前がキスしたそうに唇尖らせたから」

「そ、そんなわけないじゃないですか！　急にやめてください」

「じゃあ、次からは〝今からキスするぞ〟って言えばいいのか？」

「それはそれで身構えちゃうから、ダメです」

「なんだよそれ」

なにがおかしかったのか、御杖部長……大輝さんが目の前で声を出して笑っている。

ふたりのときは名前で呼ぶようにと言われているのをついうっかり忘れそうになる。

それよりも問題なのはキスだ。

「今のキス必要でしたか？」

「大事だろう、婚約者なんだから。キスは」

そう言われると言い返せない私は、無言で彼を睨む。

「そんなに睨むなよ。キス以上は、お前の同意がなければしない。それは誓う」

ちらっと視線だけで彼を見る。大輝さんは少々強引だが、約束はきちんと守る人だ。

「なんだよ、信じてないのか？」

「いいえ。それよりも野迫川社長遅いですね」

実は今日は野迫川社長が、大輝さんの見合い話をしに来るのだ。先日断った相手があきらめきれないらしく、せめて一度会うだけでもと食い下がっているらしい。

まあ仕事もできてこの見た目、それに加え世界的規模のホテルの御曹司ならば、結婚相手としては申し分ないもの。

しかし大輝さんは、一度断ったにもかかわらずまだ引き下がらない相手を快く思っていない。そこで偽の婚約者である私が駆り出されたのだ。

「なあ、あいつが来る前にもう一度俺の名前呼んでみろ、目を見て。ほら」

「いや、もう大丈夫ですから」

彼が立ち上がり、顔を寄せてくる。わざと私を恥ずかしがらせようとしているのはみえみえなのに、彼の思惑通りに反応する自分が憎い。

彼の視線から逃れようと顔を背けた瞬間、部屋をノックする音が聞こえて、野迫川社長が来たのだと思い扉に顔を向ける。

しかし次の瞬間、扉が開くと同時に彼が私の腰を引き寄せて唇を奪った。

「えっ……ん」

驚いた私は彼の胸を手で押して距離を取ろうとしたが、逆に腰をもっと引き寄せられる。それに合わせて彼から与えられるキスが深くなる。

な、なんで今？

混乱している中、彼の唇が離れた。顔はまだ至近距離にあるが、視線は扉の前に立つ野迫川社長に向けられている。

「あいかわらずだな、返事くらい待てないのか」

その言葉でキスの意味が理解できた。日頃から野迫川社長がノックをしても返事は待たないのを彼は知っていたのだ。その上で、いいタイミングを見て私にキスをした。もちろん野迫川社長に見せつけ、私を婚約者だと印象づけるために。

理由がわかった途端に胸の中にもやっとしたものが渦巻く。自分とのキスが利用されたことに対してだ。

だけど……それは最初からそういう話だったので怒るわけにはいかない。むしろこんな感情を抱く権利さえないはずなのに。

「いや、おいオフィスでそういうのはやめろよ。僕だからよかったものの、ほかのやつだったらどうするつもりだ？」

「返事もないのに扉を開けるのはお前くらいだ。それに終業時間は過ぎている。問題ない」

彼が私の腰を放したので、わずかに距離を取る。さすがに野迫川社長の前でこれ以上イチャイチャさせられるのはごめんだ。今後の仕事中にどんな顔をすればいいのかわからなくなる。

「わかったから、そんな怖い顔で見るなよ。なるほどな」

野迫川社長は、私と大輝さんの顔を順番に見て納得したようだ。

「見合いを断った理由はわかった。あんな好条件なのにもったいないが」

そんなにいい話だったのだろうか。彼の父親の意向も入っているのに、断って大丈夫だったのかと彼の方を見るが、いつもと表情は変わらない。

「条件だけで結婚するなんてごめんだ」

「まぁたしかに。飛鳥ちゃんと一緒にいた方が楽しそうだけど。えー、僕も狙っていたのに残念だなぁ」

私の方に意味ありげな視線を向けてくる。そんな彼の視界から遮るかのように、大輝さんは私を自分のうしろに隠した。

「ダメだ、未央奈はすでに俺と結婚の約束を交わしている。つけ入る隙はないぞ。こいつは俺に心底惚れてるからな」

〝なに言ってるんですか⁉〟という言葉をすんでのところでのみ込んだ。その代わりに私は背後から彼のスーツのベント部分を引っ張って抗議する。しかしまったくもって気にする様子はない。それどころか、ちらっと私の方を見て「すぐに終わるから、待っていろ。な」と優しい声色で話してみせた。

どこまで演技上手なのよ。

まるで自分を本当に好きなのではないかと、錯覚しそうになる。年齢なりに恋愛をしてきたつもりだったのに、事あるごとにまるで初恋のようにときめいてしまう胸をどうにかしたい。

互いのメリットのために、大々的に婚約者であるふりをしなくてはならない。だからこの茶番にも真剣に付き合わなくてはいけないのだ。

私はあきらめて、せめてぼろが出ないように彼の背後に隠れる。

「はぁ、ふたりの関係については〝僕は〟理解した。だが、先方や御杖社長が納得するかどうかはわからない。板挟みはごめんだからうまくやってくれよ」

声色から落胆が痛いほど伝わってくる。騙している手前申し訳なく思い顔を覗かせたら、ばっちり目が合った。

「飛鳥ちゃん、大輝が嫌になったらいつでも僕のところにおいで」

にっこり笑った野迫川社長はそんなに困っていないようでほっとする。

「だから、俺相手に嫌になるはずないだろ」

「お前はわかってないな。そういうところだぞ！　じゃあ僕は帰る」

野迫川社長は大輝さんに指を突きつけ、扉に向かって歩き出した。そしてノブに手をかけながら振り向く。

「さっきも言ったが、親父さんと相手方に対してきちんとしておかないと面倒なことになるぞ」

その顔がそれまでとは違い真剣で、大輝さんに釘を刺しているのだと私にも理解できた。

「わかっているさ、そのくらい」

大輝さんが軽く手を上げたのを見た野迫川社長は、ひとつうなずいてから部屋を出ていった。

バタンとドアが閉まった後、大輝さんに尋ねる。

「お見合い断って本当によかったんですか？　先方はまだ乗り気なんですから、今からでも――」

「えっ……」

「お前まで俺を結婚させたいのか？」

「お前まで、俺をほかの女と結婚させようとするのか？」

「それは」

痛いくらいの真剣な眼差し。私はいったいなんと答えればいいのかわからずに、ただ口を開いたり閉じたりする。

私は彼に結婚してほしくない？　いや、そんなこと……。彼の結婚に、人生に口出しする権利なんてないのに。

『私には関係ない』と答えれば済む話。どうしてもその言葉が口から出ない。その代わりに出たのは、ずるいセリフだった。

「どうしてそれを私に聞くんですか？」

真剣な眼差しを返すと、彼もじっと私を見つめている。

ふたりの間に奇妙な時間が流れた。言葉を交わさず、目だけで相手の意思を探ろうとしている。

その沈黙を破ったのは、大輝さんだった。

「どうしてだろうな」

そうひと言った後、彼は私から視線を逸らした。

ずるい。ずるいけど、私だってずるい質問をしたのだから、お互いさまだ。彼を責めるなんてできない。

私はどういう答えを期待していたのだろうか。

考えても仕方がないと自分に言い聞かせた。

「少し仕事が残っているので、事務所に戻ります」

「あぁ、俺も今日は遅くなる。必ずタクシーで帰れ」

「はい」

事業部長室を出ると、事務所に向かって廊下を歩く。

上司と部下であり一緒に住んで婚約者のふりをして、その延長上で戯れにキスをされて。私たちの関係は複雑すぎる。そして私の気持ちも。

友達以上、婚約者未満……未満っていうか……偽物だし。その上友達でもなかったら、ただの部下だ。

くだらないと自分に言って、私は事務所へ向かう足を速めた。

◇◇◇

『お前まで俺を結婚させたいのか?』

思わず口から出た言葉に、自分でも少し驚いた。しかしこれが紛れもなく今の自分の本音に違いない。

互いの利害が合致した上で婚約者として振る舞っているが、俺は案外この生活が気に入っている。

深夜仕事を終えて帰るマンション。ひとりで暮らしていた頃とは違い、常に未央奈の存在を感じる。これまで人と暮らすのが苦手だと思っていたのは、どうやら勘違いだったようだ。いや、相手が彼女だからそう思えるのだろう。

ネクタイを緩めながら、寝室に向かいそっと扉を開ける。彼女は無防備な顔でぐっすりと眠っている。それを見て俺は顔が緩むのを自覚した。

顔にかかった髪をどけてやり、静かに寝室を出ると冷蔵庫に向かった。水でも飲もうと思ったのだが、中にラップのかかった皿を見つけて取り出す。

【焼きおにぎりです。お茶漬けで食べるとおいしいですよ】

おにぎりの上にはほぐした鮭と刻んだ大葉と海苔がのせられている。きっと遅く帰ってきた俺が食べやすいように準備したに違いない。

「気を使わなくていいのにな、でもうまそうだ」

さっそく冷蔵庫から取り出して、湯をかけて食べ始める。ほっとする味で俺の胃袋を満たした。絶妙な味つけだ。

先日彼女が料理をしている姿を見た。軽量スプーンやカップなどは使わず適当に作ったはずなのに、なぜか癖になる味だ。ホテルのレストランで食べるプロの味とは違う。なんとなく心まで満たされるような、そんな味。

たまに味つけに失敗していることもあるが、ふたりして『微妙だ』と言いながら食べる食事もまた楽しかった。

こんな生活が二週間か。

彼女が困っているのに付け込んで、半ば強引にここに連れてきた自覚はある。しかしストーカーがいつやって来るかわからないあの場所に、彼女を住まわせるわけにはいかなかった。

本当に嫌がれば、ヘイムダルホテルの一室くらいすぐに用意できた。しかし彼女は俺の案を受け入れたからよしとした。その点でずるいことをした自覚はある。

偽の婚約者を演じるのは彼女にとって負担だろう。当初自分のために嘘をつく必要はないと言っていたが、こちらにもメリットがあると説明すると納得した。

それに彼女に俺を意識させるには絶好のチャンスだ。

瓢箪《ひょうたん》から駒、嘘から出たまこと。

ゆくゆくは彼女が本当の俺の婚約者になればいい。そんな期待も持っている。

いつから、彼女を手に入れたいと思ったんだろうか。

最初に出会ったときもたしかに印象的だった。あのときすでに予感めいたものがあった。衝動的に抱いた後も、頭の中にずっと残っていた彼女。

再会を果たしてから、彼女が一生懸命誰にも頼らずひとりでやっていこうとする姿を、気がつけば常に目で追ってしまっていた。

間違いなく彼女だけが特別。そう思うまで時間はかからなかった。

しかし上司と部下である上に、自分の背負うものの大きさを考えると、簡単に彼女を手に入れることができない。

事業を継ぎ大きくすることは人生の目標であり、今もやりがいを感じている。しかし面倒なことが多いのも確かだ。俺は自分が納得しているからいいが、彼女にとってはどうなのだろうか。

仕事が好きで、常に一生懸命顧客のことを一番に考えている。そういう彼女を好きになったのに、御杖家の面倒なあれこれで制限をしたくない。

これまで好意を寄せた相手に対し、アプローチするのにこんなに悩んだことはない。大抵向こうからわかりやすい気持ちをぶつけられて、それに応えてきた。

それなのに今回は……。それだけ彼女に対して真剣だということか。

「やっかいなものだな」

ラップの上のメモに書いてある彼女の字を見て、どんな顔で書いたかを想像する。

過去の恋愛でそんなふうに考えたことなどなかった俺は、思わず自分に笑ってしまった。

◇◇◇

野迫川社長の前で、大輝さんと愛し合っているふりをした翌日。

最後の来客が長引いたので、遅い時間になってやっと事務所に戻る。扉を開けて中に入ると、天川課長と香芝さんがいっせいに私の方を見た。

「よかった、まだ帰っていなかったのね」

「はい。あの、なにかあったんですか？」

ふたりの様子からただ事ではないというのはわかった。

「実は安達《あだち》・福原《ふくはら》家のご新婦の方から連絡があって、式を取りやめたいと」

「ど、どうしてですか？」

私の質問にふたりは困った顔を見せた。天川課長が重い口を開く。

「ご主人様の安達様、いなくなったみたいなの」

「えっ！　行方不明ですか？」

驚きで大声をあげる。ふたりは美男美女のカップルだ。広告モデルをしているふたりの盛装は見ごたえがあると、私自身ひそかに楽しみにしていた。

新婦の福原様はすごく式を待ち望んでいて安達様も……いや、最近少し様子がおかしかった。

「なにか心あたりでもあるの？」

天川課長に尋ねられて、打ち合わせ時の安達様の様子を話した。

「実は、ここ最近安達様元気がなかったんです。たしかに式の内容については新婦の福原様がほぼお決めになっていたんですけど、この間はそれまでと違い反応も薄くて、どこか上の空だったような」

「そう……でもそれだけでは理由はわからないわね。福原様は泣きじゃくっていて詳しい話は聞けなかったの。無事ならばいいけれど……」

式は二カ月後、行方不明ならば式どころではない。福原様の思いを知っているだけに残念でならない。

「そうですね。キャンセル処理しておきます」

「お願いね」

天川課長も香芝さんもそれ以上はこの話題に触れなかった。様々な理由で、途中で式を行えなくなるカップルも毎年何組かいる。一緒に式を準備してきたものとして寂しくなる。

それよりも行方不明って……大丈夫なのかな。

キャンセル処理をしながら、私は安達様と福原様についてずっと考えていた。

もやもやを抱えたまま帰りたくなくて、ふと思い出したのが駅前の屋台だった。

大輝さんにはタクシーに乗るように言われたけれど、どうしても気分転換したくて屋台に立ち寄ることにした。

「おじさん、ラーメンひとつ。煮卵トッピングで」

「はいよ〜ちょっと待ってね」

いつも通りのおじさんの様子にほっとする。

バレンタインが終わったばかりの街は、ホワイトデーに向けてディスプレイが変わった。二月でも今年は温かい日が多く、春がくるのも早そうだ。

鍋から上がる湯気の奥で、大将がラーメンを作っている姿を眺めながら、私は挙式をキャンセルした安達様と福原様について考えていた。

事情があってキャンセルするカップルは珍しくないが、行方不明ってことはこのままふたりは別れてしまうのだろうか。

「おい、こんなところでなにをしている」

振り向くと想像通りの声の主がいた。

「御杖部長。あの……ちょっとおなかがすいて」

「ったく、お前は。タクシーで帰れと言っただろう」

まだ林様の件が解決していないので、安全のためそう言われるのも無理はない。

彼は車をわざわざコインパーキングに停めたようで、私の隣に座りラーメンの大盛りを注文した。

「落ち込んでるかと思って電話したけど出ないし。まあ、ラーメン食べるくらいは元気みたいだから安心した」

「あの、聞いたんですね。キャンセルの話」

「まあ、よくある話だ。しかし行方不明とは、理由が穏やかじゃないな」

私がうなずくと同時に「おまちどうさま」とラーメンが目の前に置かれた。

「まあ、とりあえず食べろ」

「では、お先に失礼します」

手を合わせてからラーメンをすする。シンプルな鶏ガラベースの醤油スープが麺に絡んでおいしい。私はしばし悩みを忘れて幸せに浸る。

「あいかわらず、おいしそうに食べるよな」

隣でテーブルに肘をついた彼が覗き込んでくる。

「そうですか？　普通ですよ、普通」

そんなやり取りをしているうちに大輝さんの注文分も届いて、しばらく黙ったままふたりともラーメンを堪能した。

「ごちそうさまでした！」

ふたりで手を合わせて、屋台を後にした。

車まで少し遠回りしながらふたり並んで歩く。肩と肩が触れ合うくらい近く、その距離が今は上司と部下ではないことを意味している。

「残念だったな。今日キャンセルになったのって、お前が遅くまでいろいろとやっていたカップルだろ?」

「はい。若いお似合いのおふたりでした。ご予算が厳しい中、どうしてもうちのホテルがいいって言ってくださって……」

打ち合わせの日々を思い出して、感傷的になる。予算が決まっているぶん、あれこれ互いにアイデアを出して素敵な式になるはずだったのに。

「がんばっていたもんな。でも仕方がない」

大輝さんの言う通り、こればかりは私の力ではどうしようもない。しかし今はまだ気持ちを割りきれない上に、ふたりが心配だ。

「行方不明なんて、どこに行ったんでしょうかね。どんな事情が……あれ、大輝さん」

考えながら歩いていたので、隣に彼がいないのに気づくのが遅れた。彼は私のうしろで足を止めて遠くを見ている。

「未央奈、あの人、行方不明の安達様じゃないか?」

「えっ!　本当だ。間違いない」

大輝さんの視線の先では夜間工事が行われている。煌々とライトに照らされた現場で作業しているのは、紛れもなく行方不明の安達様だった。まさかこんな近くにいたなんて。

次の瞬間、私は後先考えず走り出していた。

「おい、未央奈っ！ 待て」

大輝さんの止める声が聞こえたが、無視して全速力で安達様のもとに駆ける。工事の音が大きい。

「安達様」と声をかけると初めて気がついたようで、一瞬〝誰だ？〟という顔をしたが、すぐに思い出したのか気まずそうな顔をして仕事に戻った。

「あの、少しお話しできませんか？ 少しでいいんです」

いくら話しかけても無視される。追いついた大輝さんが私の肩に手を置く。けれど、声がけをやめなかった。

「あの、おせっかいだってわかっています！ でも福原様、電話で話もできないくらい泣いていたって……。せめて彼女に連絡だけでもしてもらえませんか？ 安達様っ！」

福原様の名前を出した途端、彼の手が止まった。私はここぞとばかり畳みかける。

「お願いです、福原様悲しんでます。ですから――」

必死に声をあげる私の手を引いた大輝さんが、すっと前に出た。

「ヘイムダルリゾートのブライダル事業部長、御杖です。少しだけお話しできませんか？」

大輝さんの落ち着いた声に、安達様は観念したかのようにうなだれたまま「はい」と返事をした。

休憩を取った安達様と、すぐ近くにある自販機の明かりを頼りに話をする。

「式、キャンセルしてすみませんでした。すごく親身になってくれていたのに」

冒頭安達様は私に勢いよく頭を下げた。

「謝らないでください。もちろん残念ではありますが、今は式のことよりも福原様が心配なんです。ついこの間まで……ドレス……や、お花も……それに、安達様をすごく好きだって私にまで……伝わるくらいで」

あろうことか、大切な話をしている途中にもかかわらず、私は感極まって泣きだしてしまった。そんな様子を見かねたのか大輝さんが話を引き継いでくれる。

「なぜ婚約者に行方を告げずに、いなくなったんですか？　なにか理由があるんですよね」

こういうときの彼は相手の様子をよく見ていて、思わず話したくなるような声色と表情を見せる。

「あの……俺……」

安達様は突然嗚咽を漏らし始めた。悲しそうにしている彼の様子につられて、私はまた涙を流した。

「実は、結婚資金を友達に持ち逃げされてしまって」

「ええ……そんな」

「小さい頃から知っている信用していたやつで、母親の入院費用が足りないからって。アテはあるからすぐに返済するって……でもあいつ逃げやがって」

悔しそうにこぶしを強く握りながら、涙を浮かべている。

「情けなくて、彼女に合わせる顔がなくて。せめて金さえ用意できれば、謝りに行けるだろうって」

「それで工事現場で働いているんですね」

「昼の広告モデルだけじゃ、金用意するの無理で……慣れないんで怒られてばっかですけど」

綺麗だった彼の手には無数の傷がついている。顔には疲労の色が浮かび、苦労しているのがうかがい知れた。

安達様にはちゃんと理由があった。福原様と別れたくていなくなったわけではないんだ。

「福原様に連絡してください。彼女待ってます」

「でも、俺なんか――」

「たしかに、あなたのように逃げ回っている男性には失望するかもしれませんね」

大輝さんがいきなり冷たく突き離すような言葉を彼にぶつけた。言われた安達様は唇をぐっと引き結び耐えている。

「大輝さん、なんてこと言うんですか！　安達様にだって事情があって……」

慌てて私が止めるが、彼はまったく気にしない様子で話を続ける。

「事情はわかりました。でも大切な存在であるはずの彼女はそれを知りません。なにも知らされないまま突然いなくなった事実を受け入れろというのは、あまりにも酷ではありませんか？　彼女が自分を責めている可能性だってあります」

「そんな！　彼女はなにも悪くない」

安達様が声をあげて言葉を否定するけれど、大輝さんは態度を崩さない。

「あなたが逃げ出したことで、彼女は尻拭いをひとりでしています。式場に連絡を入れ両親に説明し、職場などはどうなってるのかわかりませんが、きっとおつらい作業だと思いますよ」

「それは……」

安達様は悔しそうに涙を流し始めた。

「あなたが今するべきは、ここで涙を流すことじゃないでしょう。本当に悲しいのは突然ひとりにされた福原様です」

「……はい」

安達様は流れている涙を拭い、顔を上げて私と大輝さんの顔を見た。

「俺、彼女とちゃんと話をします。許してくれなくても、それでもきちんと向き合います」

まだ涙は流れているけれど、その目の中に嘘はないように思えた。最初の疲れきっていた表情からは打って変わり、生気が感じられる。

大輝さんも私と同じように、彼の変化に気がついている。

「そうしてください。それとこれは余談ですが、弊社のリーフレットの写真を近いうちに撮り直そうと思っていまして、よければ安達様と福原様にお願いしたいのです」

突然の粋な計らいに、私は声をあげて喜びそうになった。

「えっ、いや……でも。俺たち迷惑かけたし、式はもうそちらではできないと思うんですが」

「これは仕事としての依頼です。ご検討のほどよろしくお願いします」

「うっ……はい、彼女が許してくれたら……お願いします」

福原様はなによりもウエディングドレスを着るのを楽しみにしていた。たくさんのドレスを試着し、その都度安達様に相談していた姿を思い出す。

きっと安達様も彼女のウエディングドレス姿を見たいはずだ。式はできないが、ドレスを着て撮影するだけでもとっておきの思い出になる。

こんな形でふたりへのエールを送る彼の優しさに、胸がいっぱいになった。

私は前向きになった安達様を見て、込み上げる涙を我慢できずにぽろぽろと泣いてしまった。

「飛鳥さん、御杖さん。ありがとうございました。必ず彼女と話し合います」

「がんばってください。おふたりの幸せをお祈りしています」

安達様は私と御杖部長に頭を下げて、仕事に戻っていった。その背中をふたりで見送る。

「はぁ、よかった。ちゃんと話し合えばふたりとも気持ちが楽になるはずです」

「そうなればいいがな。俺たちにできるのはここまでだ」

結局夫婦やカップルの間での出来事は、最終的には当事者でなければわからない。

「でもきっと、大丈夫です」

打ち合わせのときのふたりは、本当に仲睦まじかった。だからこそちゃんと話し合っていい方向にいってほしい。


「あの……」

駐車場に向かいひとけの少ない公園を横切っている途中、私は足を止めて少し先を歩く彼に声をかけた。どうしても伝えたい気持ちがある。

「ん、なんだ?」

ポケットに手を突っ込んだまま歩いていた彼が、肩から上だけ振り向く。

「昨日、大輝さんが言ったこと覚えていますか?」

私の真剣さが伝わったのか、彼が体ごと私の方を向いた。そして改めて確認する。

「『お前まで、俺をほかの女と結婚させようとするのか?』って私に聞いたの覚えていますか?」

「あぁ、覚えてる」

それまでこちらに視線を向けていたのに逸らされた。なんだか、まだ言いたいことも言っていないのに拒否されたような気になってしまう。

でも、今ここで言わないと後悔する。

「私、大輝さんがほかの女性と結婚したら、嫌です」

思いきって口にした言葉を聞いた彼が、目を軽く見開きこちらをじっと見てくる。

私は彼がなにか言いだす前に、気持ちをすべて伝えたくて口を開く。

「ずるいですよ、だって好きにならないなんて無理です。冷たいかと思いきや、従業員やお客様をよく見ているし、私が困っているときもうれしいときも寄り添ってくれて。おまけにプライベートでも一緒になって考えて動いてくれて」

ブライダル事業部長としての彼は、案件の大小にかかわらず全力で顧客に向き合うことの大切さを自ら姿勢で示してくれる。安達様と福原様のこともそうだ。彼らの幸せを願い、モデルの提案までしてくれた。

最初に出会った日、見ず知らずの私を慰めてくれたし、林様からも危険を顧みずに守ってくれた。まだまだ仕事で未熟だったときも、婚活パーティーでの仕事を任せてくれた。

数え上げればきりがないほど、彼を好きになる理由があふれ出てくる。

「とにかく私は大輝さんを――」

「ストップ」

息を吸ってひと思いに告白してしまおうとした。しかしそれを彼が止めた。

「なんで最後まで言わせてくれないんですか？　そんなに迷惑――んっ」

小さなキスが落とされて、私は突然のことに目を見開く。

「やっと黙ったな。お前はすぐ暴走する」

小さく笑った彼はそう言うと目の前に立ち、私の両手を握って視線を合わせてきた。

「未央奈、好きだ。俺と真剣に向き合ってほしい」

「あ……えっ」

自分が言おうと思っていた言葉を先に言われてしまい、どう返事していいのかわからずパニックになる。そもそも自分から告白するつもりだったのだから、返事なんて用意していない。

「林様から守るため、俺の見合いを取りやめるため。いろいろと言い訳ばかりしてすまなかった。ただお前が欲しいって言えばよかっただけなのに。ごめんな」

目頭が熱くなって、涙の膜ができているのがわかる。

彼が私を好きだって言っている……。嘘じゃないよね。

「思い返せば初めて会ったとき、元カレの結婚式でひとり耐えながら戦っていた未央奈を見たときにすでにこうなるような気がしてた」

「な、なんであんなひどいシーンで？」

正直言ってあれは私にとっては黒歴史以外の何物でもない。

「ひとりでがんばっている姿がけなげで、逞しかったから」

「……もう」

私はつながれていた手を振りほどいて、こぶしをつくり彼の胸を叩こうとした。しかし彼がその腕を取り、私を引き寄せて抱きしめる。

背中に回された手。大きな胸に顔をうずめると、いつもの彼のウッディでスパイシーな香水が香る。彼が私の頭に顔を触れさせて、回した腕に力を込めた。

「未央奈、好きだ。好きなんだ」

心の奥のやわらかい部分にダイレクトに届くような、純度百パーセントの〝好き〟という言葉に、私の胸は痛いほど締めつけられる。それと同時に目からは歓喜の涙がこぼれた。

「私も大輝さんが好きです。不器用な私ですけど、あなたの隣で成長したい」

人生も仕事も失敗ばかりの私だから、これからもかっこ悪いところを見られるだろう。それでも彼に見ていてほしい。そして時には叱って、時には甘やかしてほしい。

彼にだから、どんな私も見てほしいのだ。

「まぁ、失敗はほどほどにな」

「もうっ、人がせっかく真剣にっ――あっ、んっ」

顔を上げて抗議しようとしたのに、キスで塞がれてしまう。

何度か角度を変えるたび濃厚になるキス。最後に下唇を軽く吸われ、私の膝から力が抜けた。

「おい、このくらいでへばるなよ」

「でも……いきなりしてくるから」

「仕方ないだろ、俺はお前の拗ねたり怒ったりしている顔が好きなんだ」

女としてこれは喜んでいいのかダメなのか。でも彼が好きだと言ってくれているのだから素直に受け取ろうと思う。

「だからって、意地悪ばかり言わないでください」

「キスの許可はいらなかったはずだが」

「それはそうですけど」

ふたりの気持ちが通じ合った後も、その約束は有効なのね。

「まあそのうち、全部の許可なんて取らなくなるだろうけどな」

「それは……おいおい、話し合いをして……」

彼がなんの許可について話をしているのか気がついた私は、話を濁してこの場を収めようとする。

「話し合いなんかできるか。俺が我慢できない」

さらっと危険なことを言った彼が、私の手を引いて歩き出した。しっかりと指を絡めてつないだ手は、私たちふたりの気持ちが通じ合った象徴のように思える。

歩いている間、ついついつながれた手を見てはうれしくて頬が緩む。まるで初めて恋をしたときのような新鮮なときめきに胸が疼いた。

「なあ、お前。幸せそうなところ水を差して悪いが、林様に安達様。二軒も予約がキャンセルになったんだ。数字の穴埋めはできるんだろうな」

「あっ、その件は……」

急に現実に引き戻された私は、悲壮感を漂わせて肩を落とす。

「期待してるぞ、俺の婚約者なんだからできるところ見せてくれ」

「ずるいです。そう言われると私ががんばるのわかってるんですよね？」

目を細めて隣を歩く彼を睨みつける。

「おい、その顔やめろ」

「だって」

そんなにひどい顔なの？　でもそうさせたのはあなたじゃない！

ますます機嫌が悪くなりそうな私に彼が言い放つ。

「またキスしたくなるだろ、かわいい」

「え、なに言ってるの……」

思わず顔を熱くした私を見た彼は、本当に楽しそうに声をあげて笑った。それを見ていたら私も怒ってなどいられずに、つられて笑ってしまう。

夜の静かな公園に、私たちふたりの笑い声がこだましていた。


いつもと同じように、大輝さんの部屋にふたりで帰る。なにも変わらない雰囲気に油断していた。

彼が先にシャワーを浴び書斎で仕事を始める。それから私がお風呂をゆっくり使う。今日も普段と変わらずそうしていた。頭からシャワーを浴び、体を綺麗にして湯船に浸かる。お気に入りのバスソルトの香りに包まれながら「ふぅ」と大きく息を吐いて全身の力を抜いた。

「はぁ、今日も疲れた。ほんと毎日いろんなことがあるなぁ」

肩に手を置いて、首を動かし凝り固まった体をほぐしていく。

「ん……もしかして」

そのときになってマヌケな私はやっと気がついたのだ。今日はひょっとして、特別な夜になるのではないかと。いや、間違いなくそうなるはず。

そう思いついたら心臓がバクバクし始めた。

いや、初めてじゃないんだからと自分に言い聞かせてみるものの、最初の日は勢いで抱かれたところもあったし、思いが通じ合ってからこういうことをするのは妙に緊張する。

戯れのようなキスはしていたけど、それとこれとはまったく違う。

「はぁ、どうしよ。緊張してきた」

とりあえず湯船から出て、もう一度今度は念入りに自分の体を磨いた。湯上がりもいつもよりも丁寧にスキンケアをして髪をとかす。すっぴんは見られているし、何度も残念な泣き顔も寝顔も見られている。しかしそれとこれとは話が別だ。少しでも綺麗な自分を見てもらいたいというせめてもの悪あがき……いや、乙女心。

「これでいいか」

ブラシを置いて鏡の中の自分を見る。少し緊張しているように見える。

バスルームを出た私は、キッチンでコップ一杯の水を飲み、覚悟をして大輝さんの部屋のドアをノックした。コンコンと音が響くが、中から返事はない。もう一度ノックしたが音沙汰なし。そっと扉を開いて顔を覗かせると、部屋の中は暗く誰もいない。

あれ……もしかして、もう寝室で待っているのかな……。

なんとなく想像してしまって、頬に熱が集まる。私は扉をそっとしめて深呼吸をした。そしてゆっくりと寝室に向かい、扉の前に立つ。

これほどまでここの扉を開けるのに緊張した日があっただろうか。これまでもベッドで一緒に寝ていたけれど、今日は寝る以上のことになる。

覚悟とほんの少しの期待で、胸がドキドキしている。そっとドアノブに手をかけてゆっくり開いた。

「えっ」

私は驚きで思わず声をあげた。寝室も真っ暗だったのだ。さっきまでの高揚していた気持ちがしぼんでいく。

書斎にも寝室にもリビングにもいない。彼はいったいどこに行ったのだろうか。

トイレを確認し、客間やウォークインクローゼットの中まで探した。しかし彼はいない。

もしかして嫌になって逃げ出した？いやいや、ほんの数時間で心変わりなんてありえない。そう思うけれど、彼がいなくて不安になる。

「もう、どこ行っちゃったのよ」

リビングの真ん中で座り込んだ私の耳に、玄関の扉が開く音が聞こえた。すぐに立ち上がり、走って廊下に出る。

玄関を見ると、驚いた顔でこちらを見る大輝さんがいて、ほっとしたと同時に体の力が抜けその場に座り込む。

「おい、どうした⁉」

うずくまる私のもとに彼が急いでやって来た。

「なんで……どこに行っていたんですか？」

思わず責めるような口調になってしまった。しかし急に彼の姿が見えなくなって不安だったのだから許してほしい。

「なにも言わず外に出て悪かった。立てるか？」

大輝さんの手を借りて立ち上がる。彼に手を引かれてそのままリビングへ向かい、ソファに座らされた。少しして落ち着いてくる。考えてみれば彼が留守にしていた時間はわずかなのに、こんなふうに取り乱して恥ずかしい。

「あの、なんか大げさにしてごめんなさい」

「車にこれ、取りに行ってたんだ」

そう言って彼が見せたのは、スマートフォンの充電器だった。

「部屋のが調子悪くてな」

彼が私の髪を優しくなでる。

「そうだったんですか……」

なんとなく身の置きどころがなくて恥ずかしい。

「そんなに必死になるほど不安だったのか。それとも俺に抱かれたくて捜してた？」

「違いますっ」

即座に言いきってそっぽを向いた私の顔に彼が手を添えて、自分と目を合わせるようにしてもとの位置に戻した。

「本当に？」

「……それは」

きっぱりと否定できないのは、バスルームでいろいろと考えていたからだ。

彼がソファに座る私の前に、膝をついて座った。

「俺は、未央奈が欲しくてたまらないけど、お前は違うのか？」

顎を手でとらえられて、視線を逸らすことすら許してもらえない。私は言葉にできずに首を左右に振った。

しかしそれでは彼は納得してくれない。

「言葉で言って。未央奈も俺と同じ気持ちだって知りたい」

熱のこもった眼差しに見つめられ、心臓がドキドキと派手に音を立てる。恥ずかしいけれど、彼がそれを望んでいるならばと口を開く。

「私もあなたが欲しいです」

顔を見られるのが恥ずかしくて、彼の首に手を回して抱き着いた。ぎゅっと抱きしめるとすぐに彼も抱きしめ返してくれる。そしてそのまま私を抱き上げた。

額にキスを一度落とした彼と、目が合う。

そのときふと必死になって大輝さんを捜していたのを思い出し、なんだかおかしくなって笑ってしまう。

「なに笑ってるんだ？」

横抱きにされたまま廊下を進む中、彼の腕の中で白状する。

「いや私、両想いになったその日に逃げられたのかと思って、大輝さんをクローゼットの中まで捜しちゃった」

「なんでそんな考えになる？　不安にさせるようなことしたか？」

あきれた様子の彼に回した腕に、力を込める。

「ねぇ、大輝さん」

「なんだよ、もう笑うな」

足音を立てながら彼が私を寝室に運ぶ。

彼の首に回した手にまた力を込めて、私はささやいた。

「早く、もう一度キスして」

純粋な気持ちだった。彼に愛されたいと思った。スマートな夜じゃないけれど、愛しくて胸が甘く苦しい。

「わかったよ。ったく、かわいすぎるだろ」

わずかに顔を赤くした彼の照れた顔を初めて見た私は、自分の胸が最高潮に高鳴る音を聞いた。

ふたりの体を受けとめたベッドが音を立てる。これまでもふたりで使っていたはずなのにいつもと違うと思うのは、これから起こることに緊張と戸惑いと甘い期待があるからだろうか。

彼は私を横たえ、シャツを勢いよく脱ぐ。均整の取れた逞しい体に思わず目を奪われた。そのまま私の上に覆いかぶさった彼の手が、私の髪をすく。神経が通っているわけではないのに、なぜか胸の鼓動が速くなる。

あらわになった耳に、彼が唇を寄せる。唇が触れて体がビクッとなった。そのまま舌が耳たぶをくすぐり、キスをしながら首筋に移動していく。

その間彼が私の手を取り指を絡めた。しっかりと手をつなぎ合い、私を見つめる。

「未央奈、許可なしにキス以上はしないって約束だけど」

「うん」

「あれ、なしにして」

こんな状況で今さらなにをと思う。

「うん、いいですけど――」

「きっと俺これから先、悠長に許可なんて取っていられないはずだから」

「ん……」

彼の唇が重なる。何度も食むようなキスをされ、緩んだ私の唇の間から舌が入ってきた。そのまま歯列をなぞり、私の舌を誘い出す。くすぐられからめとられて、甘い唾液が私の体に流れ込む。体の芯を揺さぶるような本気のキス。

彼と体を重ねるのは二度目なのに、一度目とは全然違う。私が彼を好きで、彼も私が好き。その事実だけで心の底から彼を欲しいと思う。

独占したい、自分のものにしたい。一歩間違えればわがままで醜い感情。でもきっとそれを私があらわにしても、彼は受け止めてくれるだろう。

だってダメな私をさんざん見てきた彼だもの。すべてをさらけ出した私を受け入れてほしい。

唇が離れた瞬間、私はもう一度キスをしようとする彼を止めた。体を起こしパジャマのボタンに手をかけて、自分から素肌をさらした。

彼はそれを黙ったままじっと見つめている。まるで私の覚悟を試しているかのよう。

しかし焦れた彼は、ずっと待ってはいられなかったみたいだ。

「遅い、待てない」

手が伸びてきて、私の腕からパジャマを抜き取るとあらわになった素肌に舌を這わせる。

「あっ」

甘い声が漏れて慌てて口を閉じた。しかし彼の手が私の素肌の上をすべり始めると声が我慢できなくなり、最後にはなにもかも気にしていられなくなる。

気がつけばお互い一糸まとわぬ姿になっていた。彼は私の反応を楽しむかのように、体中を愛していく。

嬌声をあげ息が上がり、それでもなお彼は私を巧みに責め立てた。体の奥ではじけた快感を逃がすように大きな声をあげ、弛緩《しかん》した体をベッドに預ける。

そんな私を見た彼が満足したかのように、一度体が離れる。しかしすぐに戻ってきた彼はもう一度私に深いキスをして、熱い吐息交じりにささやいた。

「心も体も、やっと手に入れられた。好きだ。未央奈」

「大輝……さ、ん」

声がかすれてうまく名前が呼べない。しかし彼は色気にまみれた目を向けたまま少しだけ微笑んで、そして私の中に入ってきた。

彼を受け入れた私の体が歓喜に震える。目を閉じ、与えられる喜びを全身で受け入れた。

「未央奈、目を開けて。しっかり俺を見て」

言われた通り目を開けると、獰猛《どうもう》さを感じるほど強い視線にとらわれる。彼の額に浮かんでいた汗が頬を伝い、顎から私の胸もとに落ちた。

彼の汗を拭おうと手を伸ばしたら即座に取られ、彼は指を絡ませて私をシーツに縫い留める。

そのまま覆いかぶさってきて私の首筋に舌を這わせた。そして肩口を甘噛みする。

「んあっ……やだ、それ」

「ん、どれ？」

わかっていてわざと歯を立て、舌でその部分をなぞる。これまで感じたことのない刺激に私の体が反応する。

「はぁ……んっ」

声を我慢するのがつらくなってきた。

「もっとかわいい声聞きたい」

そう言われても恥かしくて、私は首を左右に振って無理だと伝えた。

「そう、まあ我慢できるならすればいいけ……どっ」

「ああっ！」

急に大きく揺さぶられた私は大きな衝撃とともに快感の波にさらわれた。声を我慢することなんてできそうにない。

「いい声だ」

大輝さんが、ニヤリと色気にまみれた顔で笑う。その顔を見ただけで新たな快感に襲われる。

「悪いが、戯れはここまで。俺もそろそろ限界だ」

言い終わらないうちに、彼の動きが激しくなる。

「んっ……あっ、た……いきさんっ」

私が途切れながら彼の名前を呼ぶと、彼は私の手をぎゅっと握った。

「未央奈、好きだ。愛してる」

「わた、しも……大輝さんが好きです」

情熱に身を任せたまま互いに抱き合う。彼から落ちてくるキスの雨が私に幸せをもたらす。愛されていると体に刻み込まれるような愛の行為は、お互いを求めるまま私が意識を手放すまで続いた。


翌朝目覚めた私は、大輝さんがすでにいないことに気がついた。ベッドは冷たくなっていて、時計を確認したら十時になっていた。彼は出勤したのだろう。

「なんで起こしてくれないの……」

私が今日オフだと言うことを知っていたのだろう。それで気を使い起こさなかったに違いない。わかっていても置いていかれたような寂しさを感じつつ、ベッドサイドの椅子に掛けられていたパジャマを身に着けてリビングに向かう。そこにも彼の姿はなかった。

スマートフォンを手にすると彼からのメッセージ。

【起きたら準備して、十九時店で待ってろ】

「私の予定も聞かないで、なによ」

口ではそう言ってみたものの、頬が緩む。

本当ならもう少し甘い朝を期待したけれど、大輝さんはヘイムダルリゾートの将来を担う存在だ。自分ひとりが独占できる人ではない。それでも私に対する彼なりの想いが伝わってくる。

顔を洗おうと洗面台の前に立つ。鏡を見て、ルーズになった胸もとから覗く赤い所有印を発見して昨日の夜がフラッシュバックして恥ずかしくなる。それと同時に彼の独占欲を心地よく思う。

着る服に気を使わなくてはいけないな……と思いながら、大輝さんがつけてくれたそのしるしが愛おしくて私は指でそこをなぞる。

胸に甘い感情が湧き起こる。彼を思うと自然と笑顔になった。

シャワーを終えて着替えをすませ、さて今日はなにを着ていこうか悩む。

「住所しか聞いてないし……なに着ればいいんだろう」

これは紛れもなく初デートだ。できるだけちゃんとしたい。

そう意気込んだのに、直後クローゼットの前でうなる。そもそも急遽避難のつもりでここにやって来たため最低限の荷物しか持ってきていなかった。デートで着られる洋服なんてない。

取りに帰ろうかと思ったときインターフォンが鳴って、確認するとコンシェルジュが立っていた。急いで玄関に行き扉を開ける。

「飛鳥未央奈様宛に、お荷物です」

「私に？」

差出人は都内の百貨店になっている。両手いっぱいに紙袋を提げたコンシェルジュが「よろしければ、中までお持ちします」と言うのでお願いした。

運び終えた彼に礼を述べて扉を閉め、心あたりがないと思いつつリビングに戻った瞬間、スマートフォンがメッセージを受信する。

【今日の洋服届いたか？　それを着た未央奈が見たい。間違っても家に服を取りに戻るなよ】

なんでもお見通しなのだなと思い、大輝さんからプレゼントされた箱や袋を開けていく。

「わぁ、素敵」

最初に開いた箱の中からはワンピースが出てきた。海の底を思わせるような濃紺の膝丈のものだ。チュール素材を使っているので、落ち着いた色だが軽やかなイメージになっている。胸もとから首まではレース素材になっていて、彼がつけたキスマークもうまく隠れる。

もしかしてわかっていてこれを選んだの？

大輝さんならそれくらいのこと考えそうだと思いながら身に着けると、サイズもぴったりだった。リビングにある姿見の前でくるりと一回転して確認する。その美しさに自然とテンションも上がる。

一緒に届いたほかの荷物は、ワンピースに合わせたパンプスやバッグだ。どれも素敵なもので、彼のセンスがうかがえる。自分の好みを押しつけるわけではなく、私が好きそうなものを選んでいるのがわかり、それがなによりもうれしい。

とにかくもう、うれしくて仕方がない。私は部屋中のそこかしこを足取り軽やかに歩き回った。

約束の十九時。大輝さんに言われた通り、タクシーで指示された住所に向かった。

車を下りるとドアマンが扉を開けてくれる。中に入ると待合室があり、ソファには大輝さんが座っていた。

「お待たせしてすみません」

「いや、俺もさっき来たばかりだ」

彼が目配せをすると年配の男性スタッフがすぐにやって来て、個室に案内された。

普段足を踏み入れない高級店だ。レストラン勤務が長かったせいか、あちこち気になる。どこも完璧で見習いたいところばかり。さすが彼が選んだ店だと感心する。

席に着いて注文を済ませ、私は個室の中を興味津々で見始める。

「いいお店ですね。個室の出入口はほかのお客さんから目につきづらいし、レストルームも各個室にある。スタッフの距離感もすごくいい。見習いたいな。あっ……ごめんなさい」

「ん？」

自分だけ一方的に話をしてしまった。しかも色気もなにもない仕事の話だ。

「なんで謝る？」

「え、だって。一応これ、デートですよね？」

「一応じゃなくて、もちろんデートだ。だから未央奈が楽しそうにしているのが一番大事」

「……ありがとう」

いつになくストレートに甘やかされて、今この時間は上司と部下ではなくちゃんと恋人同士なのだと自覚する。

「あ！　ワンピース。すごく素敵でとっても気に入りました。ありがとうございます」

「俺もそこまで似合うとは思わなかった。さすがだろ、俺？」

「え、あはは。たしかにさすがです、私の好みよくわかってるなって」

談笑をしていると食前酒のシャンパンが運ばれてきた。ふたりの前のグラスにスタッフが静かに液体をそそぐと、シュワシュワと耳に心地よい音を響かせた。

「じゃあ、俺たちの初デートに乾杯」

「乾杯」

グラスを掲げた彼に合わせて私もグラスを軽く持ち上げる。少し辛口のさっぱりした味わいに渇いた喉が潤う。

「はぁ、おいしい」

「ここ、メニューはないんだ。気まぐれで出てくる」

「え、おもしろそう。こういうとき好き嫌いがなくて得したと思います」

「ああ、食べる前からそんなにうれしそうにしていて、連れてきたかいがあった」

そんな話をしているとタイミングよく料理が運ばれてくる。前菜はガラスの大きなプレートに彩り豊かな料理が少しずつ並んでいる。カプレーゼやマリネなどおなじみのメニューだが、味や素材が独創的で感動を覚える。

「ん〜おいしい。ヘイムダルのイタリアンもかなりおいしいですけど、ここはいい意味でクセがあるっていうか、前菜なのにおかわりしたいっていうか」

「感想が独特」

「すみません、語彙力がなくて……」

「いや、俺も新鮮だ」

口もとを緩ませた彼が、美しい所作でパプリカを口に運んだ。思わずじっと見つめてしまう。何度か食事を一緒にしているが、その動きがとても美しい。

今日明日に習ってすぐに身につくものではない。育ちのよさが日々の行動からうかがい知れた。

「なに、そんなに見られると食べづらい」

「ごめんなさい。綺麗に食べるなって思って」

「そうか？　普通だろ」

グラスを持つ指先まで美しいと思うのは、自分が彼を好きだから欲目で見ているのだろうか。

「なんだか、私。普段の大輝さんについてなにも知らないかも」

感情に突き動かされて好きになり、勢いで告白し付き合うようになったのだから仕方ないのだけれど。

「俺だってお前のことを知らないさ。口開けて寝るとか、風呂では必ず鼻歌歌ってるとか」

「な、なんで、そんな変なところばっかり！　もっといいところないんですか？」

恥ずかしいところばかり知られている事実に焦る。

「俺にとってはお前の〝いいところ〟だよ。最高に力が抜ける。仕事でもプライベートでも面倒事が山積みだからな」

口もとは笑ったままだったが、視線をわずかに伏せた。

「なにか……大変なの？　私にできることはない？」

仕事も一人前にできないのに、生意気だろうか。けれど彼が今なにに悩んでいるのか知りたい。

自分に湧き上がった感情でふと気がついた。元カレのときにはこんなふうに考えなかった。もちろん彼から話をしてくれれば耳を傾けた。しかし積極的に彼を知りたいと思っていただろうか。私が彼にもう少し興味を持っていれば浮気などされなかったに違いない。

それに対して、大輝さんとの恋は違う。どんな些細なことでも知りたいし彼の力になりたい。私は改めて、彼に対する自分の想いの強さを自覚した。

「心配しなくても大丈夫だ。立場上、大抵いつもなにかしらあるものだ」

「そう……わかった」

彼にしてみればこれまでひとりで解決してきたのだから、私が手を出したところでどうにかなるわけではない。わかっていても自分の力のなさに少し落ち込んだ。

「お前がそんな顔するなよ」

「でも」

私が反論しようとしても、彼が遮る。

「特別なにかしようとしなくていい。一緒に食事をして、笑って、大きな口を開けて寝て、俺に抱きしめられていればそれでいい」

「う……なにもしてないのと一緒じゃないですか？」

「いいんだよ。そこにいてくれればそれで。お前の存在自体が大切なんだから」

甘く真剣な眼差しに見つめられて、胸がドキンと大きな音を立てた。彼は私そのものを好きだと言ってくれていると思うのは、うぬぼれだろうか。

「わかりました。でも、もしなにか私にできることがあれば、遠慮なく言ってほしいです」

「俺が遠慮なんかすると思うか？　まずはそうだな――」

「いや、無理に絞り出さなくてもいいです」

無理難題を吹っかけられそうな気がして慌てて止める。彼はクスクスと笑っていた。

前菜から始まった食事は、魚料理、肉料理に続きデザートまで完璧だった。農家と直接取引しているという野菜は味がとても濃く、どの料理にもマッチしていた。

「はぁ、もう食べられません」

デザートの後の紅茶をひと口飲んだ私は、本当においしかったと満足した。

腕時計を見た彼がこちらに視線を向け、私がうなずくと彼が席を立ち椅子を引いてくれる。

「一日付き合うっていうのはなかなか難しいが、食事時くらいは一緒に過ごしたいからな。また誘う」

「はい。ありがとうございます、それくらいはわきまえています。それに私も忙しいので、上司が鬼だから」

うしろにいる大輝さんを見ると、彼は笑って「それはかわいそうだな」と他人事のように言う。

「でも、最高に素敵な上司ですよ?」

ちらっと上目遣いにそう告げたら、彼が立ち上がったばかりの私の腰を引き寄せた。そしてそのままキスをする。

「もう……まだお店ですよ」

「個室なんだから誰も見ていないだろう。それに、これで家までなんとか我慢できそうだ」

今度は私の目尻にキスを落とした。

キスされながら彼の言葉の意図に気がついて、思わず顔を赤くした。

「じゃあ、行こうか」

私が意識したのをおもしろく思ったのか、彼がわざと耳もと近くでささやく。そんな意地悪が恥ずかしいけれど嫌いじゃない。

そのまま彼に手を引かれて、私たちはふたりのマンションに戻った。

互いにお風呂を済ませて、ベッドに並んで明かりを消した。

彼があたり前のように腕を私の下に持ってきたので、そのまま彼の肩辺りに頭をのせる。腕枕していない方の手に引き寄せられて、より体温や彼の匂いを感じた。

なんだか幸せで、無性に今の気持ちを彼に伝えたくなった。

「私、今すごく幸せです」

「ん、なんだ？　いきなり」

「言いたかっただけなので、気にしないで」

彼が笑っているのが体の震動で伝わってくる。

「俺も幸せだよ」

驚いた。彼からまさかそんな言葉が聞けるなんて。

腕の中で顔を上げ、彼も私の方を見た。

「なんだ、その顔」

「いや、意外だなって思って」

私の言葉が不満だったのか、彼がこちらを軽く睨んだ。そしてその後私の腰に回した腕に力を込める。

「さっきも少し言ったけど、俺の方にいろいろと面倒事がある。それでも一緒にいてほしいと思っている」

真剣な声色の彼の言葉にうなずく。

「あたり前じゃないですか？　私こう見えて結構強いですから。それに……もうひとりじゃない、大輝さんと一緒ならなんでも乗り越えていけそうな気がします」

「大口叩いたな、後で後悔するなよ」

「もちろん」

私たちは互いを抱きしめながら、クスクスと笑う。

彼の温かい腕に包まれて、私は心地よい眠りについた。

第五章 信じたい、信じられない

私と大輝さんが正式に付き合い始めてひと月が過ぎた。季節は冬から春へと移り変わり、それを象徴するかのようにそこかしこで桜が咲いている。

「はぁ、ビール持ってお花見行きたいっ！」

叶わない願望を口にしつつ、週末の結婚式用の引き出物を台車で運ぶ。数の確認と色、それから……あれもこれもやっておかないと。

ゴロゴロと音を立てる台車を押していると、向こうから気の抜けた声で名前を呼ばれた。

「飛鳥ちゃん、みーっけ」

周りを明るくするような笑みを浮かべた彼につられて、私も笑顔になる。

「野迫川社長、打ち合わせですか？」

「うん、もう終わったからランチに誘おうと思って」

そう言われてから時計を確認すれば、まもなく昼休憩の時間だ。今日は来客の予定はないので比較的時間に余裕がある。

「じゃあ、せっかくなのでご一緒させてください」

野迫川社長は、「やった！　行こう」と、ニコニコしながら歩き出した。

まるで少年のような振る舞いだが、彼はひとたび仕事となるとまるで別人格が宿ったかのようになる。仕事に対する姿勢や考え方はさすがで、話をしていると自分の考えが浅はかだと思い知らされるのも、一度や二度ではなかった。だからゆっくりと話を聞けるランチの誘いはうれしい。

野迫川社長が連れてきてくれたのは、近くの割烹料理店だった。夜だけだと思っていたので、昼間営業していることに驚きながら彼の後に続く。

「食べられないものある？」

「いいえ、なんでも食べます」

「なら、注文は僕に任せて」

彼が着物姿の女性にひと言ふた言告げると、そう時間を空けずに目の前に料理が並んだ。

「本当は夜に連れてきたかったけど、あいつの監視がうるさいから」

あいつとは大輝さんのことを指しているのだろう。しかし食事くらい気にしないと思う。

「相手が野迫川社長なら、大輝さんもなにも言わないと思いますけど」

もともとふたりは仕事を超えたつながりがあるのだから、心配しないはずだ。

「いや、飛鳥ちゃんはまだあいつをわかってないな。結構嫉妬深いから気をつけないと」

「大輝さんがですか？　そんな、まさか」

「長い付き合いの僕が言うんだから、間違いないって。まぁ、いいから食べて」

「いただきます」

私は納得しないまま、手を合わせて食事を始めた。

御膳には美しく盛りつけられた料理が並んでいる。夜なら一皿ずつ提供されるのだろうが、ランチ用にすべてが並んでいて、これはこれで食欲をそそる。

旬のたけのこや、鰆《さわら》のお造り、菜の花の和え物など季節を感じられるメニューに舌鼓を打つ。

「おいしいです。はぁ、幸せ。お昼からすごい贅沢です」

「まあ、これはお詫びだから」

「お詫び？」

私は謝罪を受けるようなことがあったかと頭の中を巡らす。

「ほら、あの例のストーカー事件」

「あぁ、アレですね」

先日林様が逮捕されたという話を大輝さんから聞いた。容疑は元婚約者に対する盗聴容疑に加え、暴力も振るっていたらしい。

「うちの審査が甘かったために、とんでもない顧客を紹介して。すまなかった」

「野迫川社長が悪いわけじゃないですし。本気で隠されたら暴くのは無理ですよ」

「そうは言ってもね、女性側に申し訳ないことをした」

野迫川社長の後悔を滲ませるような表情が珍しく、なんと言って声をかけたらいいのか迷う。

「いや、もちろん飛鳥ちゃんにも怖い思いをさせて悪かった。大輝に殺されるかと思ったよ」

「いえ、あの……私は。彼が守ってくれたので。それよりも元婚約者の方のショックが大きいと思います」

信じていた人に裏切られたのだ、その上警察沙汰になったとなると深い傷を負っただろう。

「人と人とは縁って言うけど、間違った縁をつながないようにもっと注意しなきゃな」

「あの、でも……私婚活パーティーでも挙式でも、アイデュナミスで結ばれた幸せなカップルをたくさん見てますから！　これからもっと幸せな人増やしていきましょう。一緒に」

ちょっと偉そうなことを言った自覚はあるが、今の私のまっすぐな気持ちだ。

「もといた会社が、ウエディング事業に力を入れる予定で。ノウハウを学ぶために私がヘイムダルリゾートに出向になったんです。戻ったらヘイムダルホテルとはコンセプトの違う、自由度の高い式にして、あと日本では珍しい婚約式を取り入れてもおもしろいなって。……あ、大輝さんには言わないでくださいね。恥ずかしいから」

うんうんと話を聞いていた野迫川社長は、私の手を取りぎゅっと握った。

「飛鳥ちゃん、ねえ。やっぱり君、大輝なんかやめて僕にしない？」

「え、なに言って――」

「僕も君がいいよ、僕お買い得だよ、見合いさせようなんて親もいないし、あ……」

見合いと聞いて私の顔が曇ったのを、野迫川社長は見逃さなかった。

「ごめん、無神経だった」

「いえ、事実なので仕方ありません」

「僕からは、親父さんにはこれ以上大輝に見合いは勧められないって話はしたんだけど、それで納得したとは思えないんだよな。大輝が言いだしたら聞かないのは父親譲りだから」

彼に似ているお父様ならなかなか難しそうだ。そもそも私で納得してくれるのだろうか。

「ごめん、そんな顔させて。デザート食べよう。わらび餅おいしいんだよ」

「はい、楽しみ！」

私と彼の問題だ。心配させてはいけないと思い、つとめて明るく答えた。しかし野迫川社長にはバレているようだ。

「君は僕じゃなくて、大輝の恋人になったけれど。でも困ったときは助けるから声をかけてくれる？」

「ありがとうございます。心強いです」

ひとりでもふたりの味方になってくれる人がいて心強い。恋愛に困難はつきものだから。

「ん～おいしい」

黒蜜ときなこがたっぷりかかったわらび餅を口に含む。ほどよい弾力と甘さが口の中に広がり、小さな幸せを運んできた。

「いいね、その顔。かわいい。あれ、ここついてる」

野迫川社長の指が伸びてきて、私の唇に触れる。唇に知らない指の感触が伝わり思わずビクッと体を震わせ、とっさに体をうしろに反らせた。

「ふふっ、そんなに警戒しなくても。かわいいなぁ」

「か、かわいくありません」

思わずナプキンで唇を押さえる。

「いいなぁ、大輝。僕も飛鳥ちゃんと付き合いたい」

「なにバカなことを言ってるんですか?」

「本気だけど」

ふと、野迫川社長の目の奥に真剣なものを感じた。どう反応していいのかわからずにいると、ニコッと彼が笑った。

「わかってるから、困った顔しないで。君は大輝のもの。でもそうじゃなくなったときに、また僕を思い出してくれるくらいはいいでしょ?」

「そういうことが……あったらですよ」

「可能性は」

「ゼロです」

「はっきり言うね～そういうところも実に好ましい」

ははは と笑っている野迫川社長のおかげで、重い雰囲気にはならなかった。きっと彼はかなりもてるだろうに、どうして私なんかに目をつけたのだろうか。考えても仕方ないけど。

「じゃあ、行こうか」

「はい。ごちそうさまでした」

野迫川社長にお礼を言い別れると、ホテルに向かって歩き始めた。

可能性はゼロって言ったけど、もし大輝さんと別れる時が来たら？

想像して落ち込みそうになり、自分の頭の中の妄想をかき消す。

そんなことない。考えないっ！

「はぁ～午後からもがんばろう」

気持ちを切り替えて、足を早める。

暖かい日差しがまぶしく、歩きながら手をかざし目を細める。指の間から見た桜並木が風に吹かれて、ピンク色の花びらが盛大に舞った。

その日の夜、私がベッドでゴロゴロしながらスマホをいじりネットの海に身を漂わせていたら、遅く帰ってきた彼が寝室に顔を覗かせた。

「ただいま」

「おかえりなさい。遅かったね。なにか食べる？」

「いや、食べてきた」

彼はネクタイを緩めながら、ベッドのそばへとやって来て私の近くに腰掛けた。

「なぁ、ちょっと話がある」

「ん？　なにかありましたか？」

少しむすっとしているように見えて、私は体を起こして彼の話に耳を傾ける。彼は私の前にスマートフォンを差し出し、画面を突きつけた。

「これはなんだ？」

「ちょっと、画面が近すぎて見えない」

距離を取って確認してみると、私が今日ランチを食べている写真だった。

「これ、野迫川社長から？」

「そうだ。浮気の証拠を浮気相手が送ってきた」

「浮気って、そんなはずないじゃないですか」

私が焦って否定したら、大輝さんは目を細めてちらっと私を見る。

「どうだろうな、ずいぶんおいしそうにしてるじゃないか」

「だって、食事はおいしかったから。それに林様の件のお詫びって言われたら断れないですよ」

理由があっての食事だったのだと説明する。どうにか納得してくれないかな。

「あぁ、あの件か。まあ、向こうの落ち度もあるからな。しかし詫びるなら俺にだろ。後始末が大変だったんだ」

林様の件については、大輝さんが知人を使ってあれこれ調べてくれ、警察と連携を取り解決に至った。彼が手配してくれたことを知ったのはすべて終わってからだ。

結局私への行為については罪に問えず、彼はとても無念さを滲ませていた。

「忙しい中、本当にありがとう。ほっとしました」

大輝さんの部屋で一緒に住むようになってからも、ひとりで出歩くときや仕事中も警戒心を持っていなくてはいけなくて、すごく疲れていた。先日林様が逮捕されたと聞いて、やっと緊張の日々から解放された。

「やつが野放しの間は俺も気が気じゃなかったからな。ただ初犯だから執行猶予がつきそうだ」

彼が私の髪を優しくなでる。こういうときの彼の手はすごく優しい。私は彼の手を取り頬をすりつけた。

ここに引っ越してきたのは、林様から身を隠すためだ。だから逮捕されたことである程度の安全は確保できた。そうとなれば、私がここで暮らす意味はない。

けれどずるい私は、自分からそれを大輝さんに伝えられない。もう少し彼と一緒にここで暮らしていたいから。

「でもまたなにかあったとしても、これからも大輝さんが守ってくれるんでしょう?」

「あたり前だろ。じゃあ早速いただこうか?」

「ん?　なんの話ですか?」

私が首をかしげたら、彼は意地悪気に笑う。

「お礼だよ、お礼。ほら」

ぎしっと音を立てて、彼がベッドの上に乗って、私の顔に近づいてくる。この場合の〝お礼〟がなにをさすのかわからないほど子どもじゃないが、わかりたくない。

「あの、今度準備しておきます」

「今がいい」

「そんな、子どもみたいなわがまま言わないでください」

顔を背けたけれど、私の背後がすでにヘッドボードで逃げ場はない。

「男はみんな好きな女の前だと子どもみたいになるんだ。嫉妬するし、褒めてもらいたい。それに理由があったとしても、野迫川とふたりで食事に行ったのも許せないな」

じっと目を合わせて彼に言われると、なんとなく母性をくすぐられる。自分よりも大きななんでもできる完璧な男性なのに、願いを叶えてあげたい気持ちになる。どうしてこんな気持ちになるのか、初めての感情に正直戸惑う。

たぶん……それだけ大輝さんが好きなんだろうな。

結局のところそうなのだ。彼の嫉妬もわがままもちょっと横柄な態度だって許して受け入れてしまうのは、私が彼を今までの誰とも比べられないほど好きだからだ。

「もう、仕方ないな」

でも恥ずかしくて素直になれない。私はわざとぶっきらぼうな態度を取りながら、彼の方に手を伸ばした。

すごく綺麗な顔。

両手で彼の頬を包み込む。あらためて見ると、本当に美しいと表現するのがぴったりな整った顔だ。

彼はなにも言わずに私にされるがまま……だと思っていたけれど、顔を横に向けて私の手のひらにキスをした。

「あっ……」

彼はキスしながら、こちらに視線を向ける。それだけで体が熱くなる。

「なあいつまで焦らすつもりだよ」

「そんなつもりじゃ、んっ」

彼が私の指を口の中に含み、舌で丁寧になめ上げた。耳に届く唾液の音が脳内にこだまするようだ。

「知ってると思うけど、俺は主導権を握りたい人間だ。だから今日は俺の好きにしていいか？」

私の手に頬ずりしながら、誘惑しないでほしい。ダメって言えないから。

「いつも好きにしてるじゃないですか」

「それもそうだな」

ふっと笑った彼が私の手を引いたかと思えば、そのまま私を強く抱きしめた。

「でも、今日はもっと好きにしたい」

私はうなずいて、いいよと伝える。なにを要求されるのかわからない。でもきっと彼の希望なら全部受け入れてしまうだろう。

「心からのお礼だから、なにしてもいいよ」

私の言葉で彼の動きが一瞬止まった。どうしたのかと顔を見ると少し赤くなっている。彼がそれを隠すように、慌てて自身の手で顔を覆った。

「お前なぁ、そのセリフは反則だろう。どうなっても知らないからな」

彼が私をベッドに押し倒した。

「いや、私そんなつもりじゃ」

ただ素直に気持ちを伝えたつもりなのに、なんだか彼が変なふうに受け取ったかもしれない。

しかし誤解を解こうにも、火がついた彼を止めるすべなどない。

いつもより少し強引にパジャマを剥ぎ取られ、生まれたままの姿で抱き合う。見つめ合ういつもより妖艶な彼の瞳に、吸い込まれそうになる。

彼に触れたいと思い手を伸ばす。

しかし彼の手が私の手を掴んで、そのまま指先を口に含んだ。

「んっ……やだ、これ」

くすぐったくて、手を引っ込めようとするが、彼は変わらずに続ける。いや、むしろ私の指に思いきり舌を絡める。それも視線をずっとこちらに向けたまま。

獰猛さまで感じるその目の熱さに、脳内が甘さでくらくらする。なめられているのは指なのに、体の中心から熱がどんどん広がっていくようだ。

「あの……やめて」

「どうして？　気持ちよさそうなのに。じゃあ代わりに、未央奈が俺のをなめて」

そう言って差し出された彼の男らしい大きな手。しなやかな長い指を私はためらわず口に含んだ。

初めてする行為。これが正解なのかどうかさえわからない。けれど彼がなにかに耐えるように眉間にしわを寄せ、息を荒くしているのを感じて、それが正しいと信じた私は、口内に含んだ彼の指先に舌を絡めた。

「……未央奈、もういい」

「でも」

私だって彼に気持ちよくなってもらいたい。彼が手を引こうとするのを引き留める。

「いいから、これ以上はもう俺がおかしくなりそうだ」

そう言った彼が、さっきまで私がなめていた方の手で目の辺りを隠している。恥ずかしそうにしている彼を見て、胸がキュンと疼くのを感じた。

まさか自分にこんな感情があるなんてびっくりした。でもくすぐったくて、そして彼が愛しくてたまらない。

「悪いけど、今日は優しくできない」

彼がいつもよりも少し強引に私をベッドに寝かせる。性急に口づけしながら、私の体を彼のすべてを使って愛してくれる。

ひとつになった後、彼の余裕のなさが顕著になった。

「んっ……はぁ。あの、ゆっくり」

「ダメだ」

彼の額から滲み出た汗が飛び散る。激しい動きに私はシーツを掴み、何度も襲ってくる快感に翻弄される。

小さな波に襲われる感覚がどんどん短く、愉悦はさらに大きくなっていく。

「でも、私……あぁ、少しだけ止まって」

「無理だ。こんなにかわいいお前が悪い」

「そんなぁ……んっ」

激しい彼の動きに襲われて、思考回路が奪われていく。快感に素直になると同時に彼への想いがむき出しになる。

彼から与えられた濃厚なキス。少しでも離れると、もっと欲しくなってしまう。

「もっと、ねぇ」

「……素直な未央奈、最高だな」

彼がうれしそうに笑うので、私も笑みを返す。しかしすぐに私のリクエストに応えて彼が顔じゅうにキスをまき散らす。

「大輝さん、私。幸せです」

彼に求められて熱を感じ、身も心もいっぱいになるこの時間は幸福が詰め込まれている。

「俺の未央奈はかわいいな。もっと幸せになろう、なっ」

「あぁあ」

いきなり激しくなった動きに、目の前がちかちかする。

「いい声が出るな、ほらもっとよくなって。愛しいよ、未央奈」

「た、大輝さんっ……はぁ」

「ほら、もっとかわいく啼《な》けよ」

何度も〝無理〟だと伝えた。しかしそのたびに彼の動きが激しくなる。

なにを言っても止まらない彼の要求に応えた私は、たとえお礼だとしてももう二度と『なにをしてもいい』なんて言葉を絶対に口にしないと心から誓った。

次の瞬間、頭の中が真っ白になり、のけぞらせた背中を彼がぐっと抱きしめる。

すべてを受け止めた私は、そのまま彼の腕の中で記憶を手放した。

仕事も恋も順調そのもの。そう思っていた矢先、私にとってまた人生の岐路に立たされるような出来事が起きた。

「出向、取りやめですか？」

休日のスマートフォンにかかってきた電話は、前の職場の上司からだった。

『あぁ、まだヘイムダル側からは話を聞いていないんだな？』

「はい。でもなぜ突然？」

『業績の悪化に伴い、ブライダル事業自体が取りやめになった』

「えっ、まだ動きだしてもいないのに」

まさかそんな事態が起こるなんて青天の霹靂《へきれき》だった。

『俺も細かいことはわからない。来月いっぱいまではヘイムダルでの勤務。その後はもとの部署に復帰だ。わかったか？』

「はい」

納得など到底していないけれど私は会社員。組織の意向に従わなくてはいけない。

ブライダルの仕事を楽しいと思えてきた矢先の事態に、私は残念に思う気持ちと寂しさを覚えた。しばらくの間スマートフォンを握りしめたまま、これからのことを考え込む。

最初に出向になると言い渡されたとき、なぜ自分がという思いが強かった。しかし今となっては、この仕事が楽しくて仕方ない。

いずれ出向が終わるのはわかっていた。しかしリッチロンドに戻ってもブライダル事業は続けられると思っていたのに。

今さら企画部に戻るなんて……しっかりと向き合えるのだろうか。

休日の今日は外でランチを食べてショッピングでもするつもりだったがそんな気分ではなくなった。代わりに今まで使っていた資料や、仕事のノートを開いて見ていた。

これまでにやってきた仕事を一つひとつ思い出していく。

「この新婦さん、つわりがひどくて大変だって言ってたのに、式当日はすごくいい笑顔だったな」

「この新郎さんは、式の途中で泣きすぎて新婦さんにハンカチで顔を拭いてもらっていたんだっけ……すごくいいカップルだった」

「それで、こっちは……んっ、う」

いろいろ思い出しているうちに感情が高ぶってしまい、自然と涙があふれてきた。

会社の辞令で不本意ながら携わることになった仕事なのに、いつの間にか思い入れが強くなっていた。

しかしリッチロンドでは、ブライダル事業が取りやめになるならば、もとの仕事をすることになる。ずっとやりたかった企画部での仕事をやっとできるようになる。本来なら喜ぶべきなのにそんな気持ちになれない。

出向終了は五月、まだ一年も経っていない。これまでのいろいろな出来事が思い出されて、寂しさで胸がいっぱいになる。

でもあくまで私はリッチロンドの社員。期限つきで出向していたので、いつかはこういう日がくると思っていた。それが今だっただけ。それだけなのに。

行き場のない気持ちを抱えたまま、私は疲れてその場で眠ってしまった。

「……な、未央奈」

「んっ……」

体を揺すられて目を開いた。ゆっくりと視界がクリアになってくると、目の前には大輝さんがいた。

「嘘、もうそんな時間？」

「電気が消えてたから、いないのかと思った。いつからそうしてたんだ」

彼がテーブルの上に置いてある、私のノートを手に取った。

「聞いたんだな？」

彼は私の状況を見ただけで、すべてわかったようだ。

私がうなずけば、彼は優しく背中をなでた。

「未央奈――」

「あの、あとひと月ですけど、よろしくお願いします」

湿っぽくなりたくない。どんなに嘆いても事実は変えられないのだから、明るく振る舞おう。

今彼にいろいろと言われて慰められたら、泣いてしまいそうだった。だからあえて話をしない選択をした。

「あれ、大輝さん。なにか言いかけませんでしたか？」

「いや、別に。食事は？」

彼もなにも言わずに話を変えた。

「まだです。そういえばおなか空きました」

いろいろと考えていて食事どころではなかった。しかしいつまでもくよくよしていても仕方ない。

「なにか頼むか？」

「ピザがいい！」

元気に答えた私に大輝さんが苦笑する。

「太るぞ」

「大丈夫、また明日から精いっぱい働くから」

笑った私を見た彼は、どこか少し寂しそうに笑い返した。

注文しようとする彼の横顔を眺める。出向を終えれば、彼と一緒に働けなくなるということだ。治まっていた感傷的な気持ちがふたたび湧き上がりそうになって、慌てて抑える。

「私絶対マルゲリータね、バジルがたくさんのってるの」

「わかった。注文しておくから先に風呂入ってくれれば？　変な寝方してたから体痛いだろ？」

「うん、じゃあそうさせてもらう。あ、もう一回言っておく。マルゲリータだからねっ」

「しつこい、わかったって」

彼はタブレットを見ながら笑っている。

仕事中は厳しいけれど、失敗もまた成功も彼はよく見てくれていた。困ったときは手を貸してくれたし、うまくできたときはいつも褒めてくれた。それがなくなってしまうんだ。

一緒に職場で働けなくなったとしても、私たちが別れるわけじゃない。

職場が別々なカップルなんて世の中にはたくさんいるのだから、気にしなくても大丈夫。そう自分に言い聞かせる。不安な気持ちを流すべく、バスルームで少し熱めのシャワーを浴びた。

翌日休みをもらい、古巣であるリッチロンドにやって来た。

嫌な思いをして出向先に向かったが、来てみればなつかしさを感じ、ここも自分の居場所だったのだと思い出す。

総務部長のもとに今後について聞こうと訪ね、書類一式を受け取った。

「だいたいの流れはそこに書いてあるから確認して。わからなければいつでも連絡くれればいいから」

「はい。あの……なぜ出向が取りやめになったのか、詳細を教えてもらっていいですか？」

業績不振だとしても出向して一年も経っていない。詳しい理由が知りたくて、ダメもとで話をした。

「まあ、振り回された君は気になるよな。確かな情報ではないからオフレコにしてほしいんだけれど。表向きは業績不振で新規事業に手を出せないって話。けれど実際は違うみたい」

私は先の話を聞きたくて黙ったままうなずいた。

「実は君の出向先がヘイムダルリゾートになったのは、ゆくゆくは向こうのブライダル事業部と事業提携をする予定だったからだ。しかし向こうから中止を申し出てきたらしいよ」

「え……そうなんですか？」

「なんだか向こうの事業部長が進言したらしい。君、向こうでなにかやらかしたの？」

パサッと音を立てて手に持っていた資料が足もとに落ちた。でもそれを拾えずに固まる。

大輝さんが、出向を取りやめるように言ったの？

信じていたいろいろなものが、足もとから崩れ落ちるような気がした。出向の取りやめは仕方のないことだ。しかしそれを言いだしたのが彼だとは思いもよらなかった。もしたとえそうだとしても、なにかしら理由があるはず。なのに彼は私に説明してくれなかった。泣いていたのも知っていたし、話をする時間は十分あったはずだ。

裏切られたの？

そんな言葉が頭の中に浮かんでくる。

私があの仕事を好きで一生懸命働いていたのを知っているはず。それなのに私の帰る場所を奪うようなことをしたのだろうかと思うと、胸が張り裂けそうだ。

経営的判断であるならば、せめてひと言だけでも事情を説明してくれれば、私だって納得したのに。

彼に対する嫌な感情ばかりが頭の中を駆け巡る。

「おい、大丈夫か？」

「はい」

総務部長に会釈して退出し、エレベーターに乗り込み一階に向かう。

彼がわからない。私を好きだと言ったのは嘘ではないはず。では、もう飽きたのだろうか。でもそれならば、彼はこんな回りくどいことをせずに、はっきりと私に告げるだろう。

彼からそんな様子が感じられたわけではないが、前の彼氏も突然ほかの女性との結婚を決めた。本当に相手を理解できているのか、自分に自信がない。

プライベートと仕事は完全に別だと思っているの？

付き合っているから話せることはなんでも話してほしいと思うのは、私のわがままなのだろうか。

もう関係を修復する価値もないって思われていたらどうしよう。

不安になった私が向かった先は、大輝さんのもとだった。彼がなにを考えてああいう結論を出したのか、きちんと彼から話を聞きたい。

今日はブライダル事業部の方にいるはずだ。

部屋の前に立ち、ノックをして部屋の中に入る。

「失礼します……あっ」

部屋の中にいたのは大輝さんだけではない。見知らぬ……でもどこかで見た覚えがある女性がソファに座り、彼と話をしていた。

誰……だろう。いや、それよりも来客中だったなんて。

「どうかしたのか？」

「いえ、来客中に失礼しました」

私は頭を下げて慌てて部屋を出る。そして扉を閉めた瞬間、あの女性が誰だか思い出したのだ。

「お見合い相手の徳川さん……？」

野迫川社長が持ってきた見合い写真の人だった。

なんで今頃……いや、もしかしたらずっと続いていたのかもしれない。彼女の方が結婚に乗り気で断れないから私を偽の婚約者にしたはず。それでその話は終わったのだと思っていたのに、彼の気が変わった？

まさか……ありえない。でももし大輝さんが結婚と恋愛は別だと考えていたら？

そんな人じゃないと思う半面、そこまでお互いについて深く話し合う機会がなかったため半信半疑になり、嫌な考えが次から次へと頭の中に思い浮かぶ。

ダメ、悪い方にばかり考えちゃう。

私はもやもやする気持ちを落ち着けるために、一番好きな場所に向かった。

ヘイムダルホテル自慢のチャペル。何度もスタッフとして足を踏み入れた場所だ。カップルたちの晴れの日をここで何度も目にした。

今は装飾もされておらずいつもよりも寂しい。けれどそのぶんステンドグラスから差し込む光に照らされた室内は、厳《おごそ》かな雰囲気に包まれている。

木の長椅子に座って、静かに思いを巡らせる。すると靴音が響き、背後から誰かが近づいてくる気配を感じた。

「未央奈」

振り返ると同時に名前を呼ばれた。

「大輝さん」

彼に合わせて下の名前で呼んだ。きっと今彼は上司ではなく、私の恋人としてそこに立っている。

「どうした、こんなところで？ 寂しくなるにはまだ早いんじゃないのか？」

彼は私の隣に座って、顔を覗き込む。しかしその目をまともに見られない。

「未央奈？」

彼が理由を問うように名前を呼ぶ。我慢できずに先ほど聞いた話を彼にぶつけた。

「私の出向の取りやめの進言をしたのは、大輝さんですか？」

「……聞いたのか？」

無言でうなずく。

「なぁ、誤解しないで聞いてほしい。俺が言ったのは未央奈の出向取り消しではなく、先方とのブライダル事業の業務提携を考え直すように進言したんだ」

彼の口から話を聞けば納得できると思っていたけれど、違った。私は気持ちが抑えられずに感情的に言葉をぶつける。

「同じことじゃないですか！　私は最後までやり遂げたかったのに、途中で取り上げるなんてひどい」

「未央奈」

彼が私の名前を呼んだ。しかし興奮している私は彼の言葉に耳を傾けられない。

「応援してくれると思っていたのに、そんなに私仕事ができませんでしたか？　私では力不足？　……まさか、私が邪魔になった？」

「おい、なんでそんな話になるんだ」

「だって、さっきいたじゃない。大輝さんのお見合い相手……徳川さんが」

大輝さんは目を大きく見開いた。

「なんで……あぁ、そうかお前は見たんだったな。彼女の写真」

〝彼女〟と言う言葉に嫌悪感を持ってしまう。私はそれを隠すためさらにひどい言葉をぶつけた。

「やっぱり結婚はメリットのある人の方がいい？　仕方ないですよね、私は偽物の婚約者だもの」

「おい、本気で言っているのか？」

さすがの彼も声を荒らげた。でも私は引っ込みがつかずに、顔をうつむけて彼の視線から逃れる。

「なぜ、俺の話を素直に聞かないんだ。こんなんじゃまともな会話が成り立たない」

「……だったら、もう話さなくていい」

私は立ち上がり出口に向かう。思考も感情もぐちゃぐちゃで、自分でもどうすることが正しいのかわからない。このまま部屋に帰ったところで、また彼と顔を合わせる自信がない。

「私、今日からマンションに戻るね。林様の件も解決したんだから、私が大輝さんのマンションにいる意味はないもの。大きな荷物は後で整理に行くから」

背を向けたまま、一気に告げる。迷いを見せるわけにはいかない。離れたくないという気持ちを隠して私は必死になって強がった。

「未央奈、本当にそれでいいのか？」

念を押す彼の言葉に、私は一瞬戸惑ったけれど、それでも大きくうなずいた。これ以上一緒にいても傷つけ合うばかりだ。時間が欲しい。

「わかった。好きにすればいい」

「今までお世話になりました」

自分で言い残した言葉なのに、まるでふたりの関係すべてが終わってしまうようなセリフに自分自身が傷つく。

私はこれ以上この場にいられないと思い、足早にチャペルを後にした。


久しぶりに戻ったマンションの部屋は、多少埃《ほこり》っぽいけれど以前と変わらない。

しかし自分の部屋なのにどこか落ち着かないと思うのは、大輝さんの部屋での生活に慣れたからかもしれない。

荷物をソファに置きそのままベッドに横になった。天井を見ていたら、だんだんと涙でゆがんでくる。

「うっ……うっ」

やっと泣けると思うと、次々に頬を伝った涙が枕を濡らしていく。

「私、また全部なくしちゃうのかな……もう、やだな。うっ……うう」

胸がかきむしられ、ずきずきと痛むようだ。瞼の裏には今は思い出したくないのに彼の顔が浮かぶ。

約八カ月前。元カレが後輩と結婚し、同時に希望していた仕事も続けられなかった。

悲しかったし苦しかった。でもあのときは突然現れた大輝さんが、私の生活すべてを変えた。

仕事も恋も全部彼が私に教えてくれた。でもそんな彼との大切な日々がなくなってしまうなんて。

彼はゆくゆくヘイムダルリゾートを背負う人間。経営者側の視線でものごとを捉えるのはあたり前だ。それでも私が近くで見てきた彼は、利益のみを追求するわけでなく顧客の幸せに心を寄り添わせていた。私は何度も近くでそれを見てきた。だから私の仕事も応援してくれるんだと思っていたのに。冷静に判断した彼が私には無理だと言っているようで悔しい。

もしそう判断したのだとしても、ひと言くらい彼から話を聞きたかった。企業間の話なので事前には無理でも、せめてほかの人から聞く前に彼の口からちゃんと説明してくれれば、こんなもやもやした気持ちにはならなかったのに。

それに今日会っていた女性に関しても私はなにも聞いていない。野迫川社長を通じて見合いの話は断っているはずだ。それにもかかわらずまだ会っている。どういう理由で？

一緒ならなんでも乗り越えていけると思っていたのに……。

「はぁ、もう無理」

話を聞きたいと思うけれど、聞くのが怖い。逃げ出した私に彼を責める権利なんてない。泣いても嘆いても事実は変わらない。今の私はそれを受け入れるしかなかった。

翌日には、私の出向期間の終了が同僚たちに告げられた。天川課長も香芝さんも残念だと言ってくれ、香芝さんに至っては目を潤ませてまで惜しんでくれた。つられて泣きそうなるのをなんとか耐えて、私はふたりに引き継ぎを行う。これから残りのひと月はふたりの補助に入り、顧客への細やかなケアを行う予定だ。

最後まで全力で取り組みたい。それが私を快く受け入れてくれたヘイムダルリゾートのブライダル事業部へ私ができる、わずかな恩返しだ。

大輝さんとはあれから社内で数回すれ違ったが、お互い声をかけず過ごしている。ふたりの間にある距離がどんどん広くなっていくような気がするが、その事実に目を向けることすら、今の私にとってはつらい作業だった。

数日で順調に引き継ぎが終わり、最後の顧客になった。ひと月後に式を控えたカップルだ。私が式まで見届けられる最後のふたりだった。

「こちらの豊川《とよかわ》様小田《おだ》様のおふたりは幼なじみなんですよ。ドレスの試着まで終わっていないようだ。

天川課長がこれまでとは違い、写真を食い入るように見ている。私の話は耳に入っていません。こちらをレンタルする予定になっていて――あの、どうかしました？」

「ごめんなさい、飛鳥さん。この新郎の豊川様の詳細なプロフィールやもっと別の写真あるかしら」

「え、はい。写真はないかもしれませんが、プロフィールは。あ、写真もありました」

まとめてあるファイルから、写真と用紙を取り出して手渡した。すると天川課長はそれらを難しい顔で食い入るように見ている。

「豊川様がどうかしたんですか？」

「え、うん。でも……違うわよね」

天川課長がタブレットを操作し始めると同時に、ちょうど部屋に大輝さんが入ってきた。

「御杖部長、おつかれさまです。あの、ちょっとよろしいですか？」

それに気がついた天川課長が、彼に豊川様の資料を見せた。その顔がすぐに曇り、天川課長のタブレットを手に取ると操作をして眉間に深いしわを刻む。

「このカップルの式は取りやめだ。天川課長、後の処理をお願いできますか？」

「はい」

「なぜですか？　おふたりともすごく楽しみにしていたのに、いきなりなにを言いだすんですか？」

上司ふたりが淡々と話を進めるのを聞いて到底納得できない。

私は事務所を出た大輝さんの後を追い、廊下で追いつくと背後から声をかけた。

「理由を教えてください。一方的にダメだと言われても納得できません。なんで私のここでの最後の仕事を奪うんですか？」

振り向いた彼は、上から威圧的に私を見下ろしていた。

「そんなくだらない理由で、式を中止するとでも？　冷静になれ。俺はお前のことを買いかぶりすぎていたみたいだな」

彼の言葉が胸にぐさりと刺さる。でもたしかに彼の言う通りだ。感情的になってしまっている。

「詳しい話は天川課長に聞け。いいな」

それ以上なにも言えなかった私は、頭を下げて彼がその場を去るのをじっと待った。

事務所に戻った私に、天川課長が理由を説明してくれる。

「この男性の方、結婚詐欺未遂でトラブルの過去があるわ」

タブレットを覗き込むと、そういった類《たぐい》の社内秘の資料が表示されていた。そこに豊川様の名前と写真がある。

「えっ、そんな！」

「嘘……じゃあ、小田様は騙されているんですか？」

「それは調べないといけないわね。すごくデリケートな話だから間違いは許されない。わたしもうっかりしていたわ、まずは新郎から話を聞きましょう」

「そう……ですね」

まさかあのふたりがそんな……。小田様のウエディングドレスを試着したときの笑顔が脳裏に浮かんで、胸が苦しくなる。

式直前になってこんな事態になるなんて。私がもう少し早く気がついていたら……もっと早い段階でなんらかの手立てができたかもしれないのに。

自分を責めて責めて、その出来事は私の心に追い打ちをかけるようにダメージを与えた。

その日駅に向かい歩いている私の目に入ってきたのは、笑顔でこちらに向かって手を振っている野迫川社長だった。

「元気？って聞くだけ野暮か。ちょっと飲みに行かない？」

「でも、私」

正直昼間のこともあり、そんな元気もなかった。しかし落ち込んでいる私の気持ちはおかまいなしに、彼は強引に私の手を引いて歩き出した。

「元気のないときはお肉でしょ！」

野迫川社長が私を案内したのは、焼き肉店だった。個室で高級なお肉が楽しめるという触れ込みで、紹介でないと店内に入れないという有名店だ。

「こんなお店につれてきてもらって、いいんですか？」

「いいの、いいの。僕小心者でひとり焼肉とかできないタイプだから」

わざとおどけてみせる彼の様子に、思わず笑ってしまった。ずっといろいろと考えてばかりいたので、久しぶりになにも考えずに笑った気がする。

「うんうん、笑っていた方がいいよ。ほら、僕のおごりだからなんでも食べて」

「はい。じゃあA5ランクのいっちゃいますね」

「おーいいね、今日はふたりで牛一頭いっちゃうか」

顔を見合わせて笑い合う。私は難しいことは忘れて、純粋に野迫川社長との食事を楽しんだ。

おなかがいっぱいになり、少し歩こうかと誘われた。

駅まで遠回りして公園を歩いていると、野迫川社長が急に足を止めた。どうしたのかと私も足を止めて彼の方を見る。彼はいつになく真剣な表情を浮かべていた。

「どうかしましたか？」

「飛鳥ちゃん、本気で大輝なんかやめて、僕のところ来ない？」

「それって、引き抜きですか？」

少し酔っていた私は、これまでと同じように軽い返事をした。しかし振り向き彼の顔を見てそれが冗談ではないと知り、戸惑って浮かべていた笑みを消し彼を見る。

「仕事のこともそうだけど、大輝から僕に乗り換えない？　僕なら君にそんな顔させない」

彼との距離が急に狭まり、右手を取られてぎゅっと握られた。

あたり前だけれど、大輝さんとは違う大人の男性の手だ。

「ここ最近、すごくつらそうだよ。見てられない。リッチロンドに戻るくらいなら、違う業種になるけど、僕のところで働くのも君なら楽しめると思う。それに……」

彼が口にするのを迷っている様子から、なにを言いたいのか理解した。

「大輝さんのお見合い相手のことですか」

目を伏せて言いづらそうにしていた野迫川社長の代わりに言った。

「知っていたんだね。僕から断った後も相手方があきらめられなかったらしく、直接大輝にアプローチしていたみたいなんだ」

「先日事務所にも来ていましたから」

思い出して胸がチクリと痛む。

私の表情を見た野迫川社長が、眉間にしわを寄せる。

「大輝のやつ不用意だな、君がいる場所で相手に会うなんて」

「仕方ありません。私が口出しできることではないので」

数日経っても思い出すと胸がきしむ。そんな私を見た野迫川社長が私の手を引こうとした。しかし私は反射的にそれを拒否する。

「あ、ごめんなさい」

驚いた様子だったが、野迫川社長はいつもと変わらない優しい笑みを私に向けた。

「いや、僕こそ急にごめん。傷ついている君に付け入っている自覚はあるから、今日のところはこれ以上なにもしない」

彼がパッと手をひっこめて、胸もとで万歳《ばんざい》してみせた。

「大輝とのこともまだはっきりしていないから、すぐに答えは出せないと思う。でも僕の君への気持ちが冗談じゃないってことはわかってほしい」

真剣な眼差し。こんな自分を思ってくれているなんてもったいないほど素敵な人だ。

しかし私の心の中にいるのは、大輝さんだ。ほかの誰も代わりにならない。だから
こんなにも醜い感情を抱えて苦しんでいる。

「先日も伝えましたが、私が大輝さん以外の人を好きになる可能性はゼロです。それは彼の気持ちがどうであろうと、変わりません」

「そうか。でも、あいにく僕もそう簡単にはあきらめたくないんだよ」

困った顔で笑みを浮かべる野迫川社長を見て、恋ってつくづく難しいなと思う。

「話は平行線だね。ここで話をしていても仕方ない。明日も仕事だし、行こうか」

野迫川社長に促されて駅に向かう。他愛のない話を振って笑わせてくれる野迫川社長。彼の手を素直に取れれば、もうなにも考えなくて済むのかもしれない。

楽になりたい。でも私の心の中はずっと大輝さんで占められている。


それから五日後。小田様から電話があった。

私は緊張で受話器を思いきり握りしめながら、必死に彼女の話を聞いた。

電話を終えた私は、事業部長室に大輝さんを訪ねた。

彼の部屋を出て以降、まともに話すのが初めてなので少し緊張する。ノックをする

と中から「はい」と返事があった。聞きなれたはずの彼の声なのに、久しぶりに聞いたせいか胸の奥に響く。

「飛鳥です。失礼します」

扉を開けると、大輝さんはちらっとこちらを見ただけで、すぐにノートパソコンに視線を戻した。

「悪い、時間がないから作業しながら話を聞いてもいいか？」

「はい、結構です」

私は彼が座る立派なプレジデントデスクの前に立ち、口を開いた。

「先ほど小田様から電話がありました。挙式は予定通り行うそうです」

「そうか」

彼は詳細を聞こうとはしなかった。それだけで状況を把握したようだ。

「小田様、御杖部長にすごく感謝されていました。先日、豊川様と一緒に小田様に会いに行ってくれたんですね」

「あぁ」

ぶっきらぼうな短い返事だったが、そんなのは気にならない。

「豊川様のフォローをしてくださったとか」

小田様の話によると、大輝さんは豊川様が事情を説明する際に同席し、過去のいきさつや現在の状況について客観的な立場でサポートしたという。

豊川様の過去のトラブルを確認すると、相手方にも問題があったようだ。しかし表向きは彼が悪者になることで当時のトラブルを収めたという。

本来ならば問答無用で断ってもおかしくない〝結婚詐欺未遂〟というトラブル。しかし自分の非を認めた彼の話に耳を傾け、第三者として話し合いの席に参加し意見をしたようだ。小田様は、ふたりなら話し合いは難しかったけれど大輝さんが同席したことで冷静になって考えられたと言っていた。

「いや、俺はその場にいただけ」

そうは言うが、カップル間で解決する話に同席するなんて、彼が本当にふたりのことを思っていないとできないはずだ。

「小田様、すごく喜んでいました。彼の過去も受け入れて、前に進むって」

「そうか。まあ豊川様は罪を償って反省している。彼女に対しては誠実でいたいと思ったんだろうな」

そこまで話をすると彼がパソコンの画面から顔を上げて、私の方を見た。

「誰にでも、幸せになる権利はあるからな」

「そう、ですね」

なんだかもう感情がぐちゃぐちゃで、伝えたい言葉が出てこない。

大輝さんはちゃんと顧客の幸せを願い仕事をする人だとわかった。私の好きになったままの人だと改めて実感する。自分が感情的になっていて、本当の彼を見失うところだった。

私はやっぱり彼が好きだ。だからこそ謝らなくてはいけない。そう思い口を開こうとしたとき、内線を知らせる音が鳴り、彼がスピーカーで返事をする。

「はい」

『徳川様からお電話が入っています』

「わかった、つないで」

大輝さんがちらっと私の方を見る。これ以上ここにいるわけにはいかない。

「し、失礼します」

頭を下げて出ていく瞬間、彼が受話器を手にしているのが目に見えた。バタンと扉を閉めた今、中の話が聞こえない。

好きな人とその見合い相手の会話を聞くほど、私の心は強くない。彼への想いを実感した今ならなおさらだ。

なにもかも遅いのかもしれない。素直にならなかった自分が悪い。

もう戻れないのかもしれない。きちんとしなかった自分が悪い。

いろいろな思いにじくじくと痛む胸を抑え、私はひとつの結論を出した。


夜になり、待ち合わせの場所に向かった。

呼び出したのは私なのに、遅れるわけにはいかない。

ヘイムダルホテルの最寄り駅からひと駅先にある、外資系ホテルのカフェテリア。日中とは違い暖色系のライトに照らされた店内は落ち着いた雰囲気で、話をするにはちょうどよかった。

店内を見渡すと、待ち合わせ相手がすでに到着しているのに気がついて、慌てて彼のもとに向かう。

「すみません。呼び出したのに、お待たせして」

「いいよ。好きな人を待つ時間も特別だから」

いつもと変わらない明るい野迫川社長の態度にほっとする。

「座って、なにか注文しよう」

「はい」

にっこりと笑う彼につられて、私も笑みを浮かべた。

注文したものを待つ間、仕事の話や世間話をした。相変わらず話し上手で、私は本来の目的を切り出すタイミングを何度も見計らっては撃沈していた。

しかし意を決して会話を止める。

「あの！」

「なに、もしかして。おなかすいた？　なにか食べる？　それとも店変える？」

なかなか本題に入らせてくれない。でもここでひるむわけにはいかない。

「野迫川社長、少し話を聞いていただいてもいいですか？」

はっきり言いきると、彼は手に持っていたメニューを置いてため息をひとつつく。

「その話、絶対聞かなきゃダメ？」

「はい」

「どうしても？」

「どうしても、です」

自分の強い気持ちを彼に告げた。彼は観念したかのように椅子に一度座り直した。

「あの、私。やっぱり野迫川社長のところへはいけません」

「それは、仕事それともプライベート？」

「どちらもです」

彼もこちらを見ていて、その目はいつものやわらかいものではなく真剣で、真面目に話に耳を傾けてくれているのがわかる。

「それは……残念だな」

笑っているがいつもの笑顔とは違う。どこか寂しそうなその笑みに、彼の私に対する気持ちが真剣だったのだと証明されているかのようだ。

だからこそ私も嘘やごまかしではなく、真摯に応えたい。

「野迫川社長の申し出は、私にとってはもったいないものです。きっと悲しまずに笑顔で過ごせると思います」

「もちろん、そうするつもりだよ。僕のものになるなら泣かせたりなんかしない」

きっと彼はその言葉を守ってくれる人だ。

「女としてはとても幸せなことだと思います。一般的には」

「一般的？」

野迫川社長が怪訝な顔で聞き返した。私は自分の気持ちを伝える。

「でも私は違うんです。泣いても怒っても、嫌な思いをいっぱいしても……でもやっぱり大輝さんがいいんです。もし彼がほかの女性を選んでも、自分の気持ちに嘘はつけないから」

　話をしながらぽろぽろ涙がこぼれた。

「ご、ごめんなさい。泣くつもりじゃなかったのに」

「あ〜あ、その涙が僕のためだったら、必死になって慰めたのにな。きっと僕じゃダメなんだろ？」

「はい」

「はっきり言うね〜」

　苦笑いしている野迫川社長は、私にハンカチを差し出してくれた。

　私はそれを受け取り、涙を拭う。

「ありがとうございます」

　私が素直にハンカチを受け取ると、野迫川社長は寂しそうな顔をした。

「はぁ、僕って損な役回りだな」

「すみません」

「謝らないで、なんか傷つく」

「すみ……あっ」

　思わずまた謝罪の言葉を口にしそうになって、慌てて口を押さえる。

「あはは、仕方ないな。そんな飛鳥ちゃんにいい話を教えてあげる」

「いい話……ですか？」

彼はうなずいて、目の前のコーヒーを手に取った。

「リッチロンドがブライダル事業から撤退するのは、ヘイムダルとの事業提携が見込めなくなったからっていうのは知ってるよね？」

「そのように聞いています」

「それを進言したのが、大輝だってことも？」

私は無言でうなずいた。経営者としての判断に口を出すつもりはなかったけれど、結果的に私の居場所はなくなった。そのせいで彼と言い合いになったのを思い出してしまう。

「理解はできても、感情がついていかないって顔してるね」

「まさにその通りです」

やっぱり野迫川社長は鋭い。

「だけどそれが、君のためだって言ったらどうする？」

「私のため？」

うなずく野迫川社長が話を続ける。

「リッチロンドが内部で分裂している話は知っている?」

「はい、創業家一族と、現在の専務一派と……とかですよね」

私はそこまで詳しくないが、昔から派閥があるのは有名な話だった。

「ブライダル事業を推進したい創業家側、それを失敗させたい専務一派。創業家の力が弱くなっている今、専務側は負債など都合の悪いことを、新しく作るブライダル事業に押しつけるつもりだったんだ」

「それじゃ初めからうまくいくはずないじゃないですか」

「その通りなんだ。そして出向から帰った君がブライダル事業部の責任者になるならば、その責任は必然的に君にも振りかかると……」

「そんなっ……私なにも知らなくて」

目の前にあるものだけ、見えているものだけですべてを判断していた。感情のまま話も聞かずに、一方的に彼を責めた。彼は私を守ろうとしてくれていたのに。

「まあ、あいつがなにも言わないんだから知らなくても仕方ないよな。それに僕たちみたいな立場の人間は言えない話も多いから」

「それは、理解しています。いや、そう思っていただけかもしれません」

自分の考えの浅さに落ち込む。

「私、ちゃんと大切にされていたんですね。彼が徳川さんと結婚するとしても、これで少し救われました」

最後は声が小さくなった。好きな人がほかの女性と……と考えると、割りきろうとしても難しい。

「彼女と大輝が結婚ねぇ……」

野迫川社長はなにか考えている様子だ。

「やっぱり、結婚と恋愛は別なんですかね」

あまり暗くならないように笑ってみせたが、自虐感が半端ない。

「そうかな、少なくとも大輝はそんな器用なやつじゃないと思うけど。普段は取り繕ってるが案外わかりやすいだろ？」

わかりやすい？　大輝さんが？

「そうでしょうか」

私が納得しないでいたら、野迫川社長は憐れみの笑みを浮かべた。

「これは、大輝も苦労するな。まあ、そういうところが君の魅力ではあるけれど。やっぱり僕じゃダメ？」

私の負担にならないように、わざと明るく言ってくれているのが伝わってくる。

「はい。ごめんなさい」

「はぁ、へこむなぁ。こういうとき僕ができた男なら大輝に連絡をして迎えに来させるんだろうけど、あいにくそこまでお人よしじゃないから」

「十分お人よしですよ。こんな私に優しくて。……でも、彼は来ないです」

大輝さんは私にも優しい。けれどそれは部下としてこれまで仕事をがんばってきた私に対するもので、だからこそ私がリッチロンド内のトラブルに巻き込まれないようにしてくれた。

けれど女性としては……徳川さんを選んだ彼が、私に特別優しくするはずない。それが本当の優しさじゃないと、知っている人だ。

どんな理由であれ、彼が最終的に選んだのは私ではなかった。

だからもう、彼からなにかを欲しがるのはやめようと思う。ただ、自分の心にだけひっそりと彼への想いを閉じ込めておけばいい。

「飛鳥ちゃん、僕が言うのもあれだけど。一度大輝とちゃんと話した方がいいんじゃないのか？」

「そうなんでしょうけど。なんだかうまくいかなくて。もうダメ……なのかなって」

泣いてしまいそう。目頭が熱く声が震える。

けれどここで泣いてもどうしようもない。慰めてもらいたい人は私のそばにはもういないから。

「そんな顔しないで。僕まで悲しくなる」

「ごめんなさい。あ、私そろそろ行きますね」

伝票に手を伸ばしたら、さっと奪われた。

「最後までかっこつけさせて。君と恋はできなかったけど、いい友達でいたいから」

野迫川社長の好意に甘えて頭を下げ、カフェテリアを後にした。

店に入る前と状況はなにも変わっていない。けれど大輝さんが少なくとも仕事上では私を認めてくれているのがわかった。

それだけでも十分だ。彼は私を守ってくれた。

彼との将来がなくなっても、彼との思い出と彼への気持ちは私の中に残る。

それでいい、今はそれでいい。

私は自分にそう言い聞かせながら、泣かないように少しだけ顔を上げて、雑踏の中を歩き続けた。

第六章　最高の結婚

スマートフォンの画面で時刻を確認する。

「はぁ、朝がきちゃった」

これで何日目だろう。ここ最近眠りが浅く、うまく休めない日が続いている。ベッドに入るといろいろと考えて寝つけず、やっと眠れたと思ってもすぐに目が覚めてしまい天井を見て過ごしていた。

「起きなきゃ。今日は豊川様たちの前撮りの日だもの」

私がヘイムダルリゾートで受け持つ最後のカップルだ。昨日まで丁寧に準備をしてきた。いろいろあったが、一昨日最終確認に来たふたりを見たら、互いを想い合っているのがこちらにも伝わってきた。きっとこれからもいろいろなことを乗り越えていけるに違いない。

「さて、幸せパワーもらおう！」

全然疲れの取れない体を無理やり動かす。

しかしベッドから立ち上がろうとしたとき、視界がぐらっと揺れた。

「あっ……」

すぐにベッドに座り、しばらくすると症状は落ち着いた。

「やだな、もう」

もう一度ゆっくりと立ち上がる。今度は平気みたいだ。シャワーを浴びて目が覚めれば、きっと問題ない。私は重い体をひきずりながらバスルームに向かった。

ドレスやブーケ、当日の参加者の最終確認を行う。その後、写真の前撮りをするまでが今日の予定だ。

「素敵です、本当に素敵」

前撮りのための個室でウエディングドレス姿の新婦を見た私は、その姿に感情が高ぶってしまった。

「あの、飛鳥さん。いろいろご迷惑をおかけしました。でも飛鳥さんたちスタッフの方々のおかげで、今、私本当に幸せです。ありがとうございました」

深々と頭を下げられて、私の目に涙が滲む。

「私たちはおふたりが、思い出に残る幸せな式を挙げられるように当日まで全力を尽くします」

「飛鳥さん、私あなたに担当してもらえて本当にうれしかった。最後までよろしくお願いします」

温かい言葉に、胸が熱くなる。こぼれそうになる涙をごまかしながら、私は会場のチェックがあるからと控室を出てあちこちと忙しく動き回った。

ヘイムダルホテルの庭やチャペル、会場の一画などを使って写真を撮っていく。互いを想い合っているふたりの様子はカメラを通しても伝わり、素敵な写真がたくさん撮れた。

チャペルに続く中庭に移動したとき、大輝さんがそばまでやって来た。

「どうだ、順調に進んでるか？」

「御杖部長。はい、予定通りです」

返事をした私の顔を彼が覗き込む。

「少し顔色が悪いみたいだけど、大丈夫なのか？」

どうして気がつくの？　今はそんなふうに優しくされたくない。一生懸命強がっている気持ちがぐらぐらと揺らいだ。

「平気です。お気遣いありがとうございます」

「それならいいが、あまり無理するなよ。少し時間が空いたから挨拶に来たんだ」

御杖部長は、新郎と新婦の話し合いに同席したいきさつから、ふたりの様子を確認しに来たのだろう。離れた場所から見つめ合うふたりを見ている。

「困難がありましたが、本当に見ていてうらやましいカップルです」

「君も、あんな結婚に憧れる？」

突然聞かれて心臓がドキッとする。しかし私はそれに気づかれたくなくてごまかす。

「御杖部長、それって立派なセクハラですよ」

「そうか、悪かったな」

彼の方も深く追及してこない。それなのに私は……。

「私はきっと、好きな人とは結婚できないから」

「……それはどういう意味だ」

「新郎新婦、チャペルに移動します。あちらでおふたりに声をかけるのが一番いいタイミングだと思いますから」

私は答えるつもりはないと伝えるように、そこで話を切り上げた。彼も私の気持ちを理解したようで、黙ったままチャペルの中に入っていった。

「さて、ここを片づけてっと……あれ、あの人……嘘でしょ」

写真撮影で使った椅子の位置をもとに戻している最中に、ふらふらと歩く男性の姿が目に入る。

なんで、ここにいるの？　逮捕されたはずじゃ……。

私は恐怖に震えながら、もう一度男性の顔を確認した。やはり林様だ。

なにか嫌な予感がする。

そう感じた瞬間、私は地面を蹴って走り出していた。チャペルまでたどり着けば、大輝さんに林様の存在を知らせることができる。しかしそう広くない中庭でもチャペルの入口までは距離があり、走り出したせいで彼が私に気がついた。

笑みを浮かべて、こっちに小走りで向かってくる。

「あぁ、飛鳥さん。久しぶりだね。会いたかったよ」

私を見つめて醜悪な笑みを浮かべている。私は後ずさりしながらガーデンテーブルのうしろに回り込み、彼とテーブルを挟んで対峙する形になった。

「来ないで。契約はすでに破棄されて、あなたはうちとはもう関係ないはずです」

「ひどいなぁ。俺たちの式をここでしようと思っていたのに」

「俺たちの……式？」

まさか林様と私の結婚式のことを言っているのだろうか。こんなに拒否しているのに、どうしてそんな話になるの？　こちらの話などいっさい聞いていない。

「そうだよ、それなのに君は別の男と一緒に暮らして……がっかりだよ」

大輝さんのことを言っているのだ。この人はどこまで……。

「でも、やっと目が覚めたみたいだね。同棲やめて部屋に戻ったのを知っているよ」

「……ひっ」

彼の部屋を出たのはつい最近なのに、林様がそれを把握していて恐怖を覚えた。

「ねぇ、今度は俺と一緒に暮らそう」

私は必死になって首を左右に振って無理だと伝える。

「なんでだよ。君は僕の運命だろ。そうだよねっ！」

林様は大声で叫ぶと同時に、走ってこちらに向かってきながら持っていたトートバッグに手を入れる。そしてなにかを取り出した。太陽の光を受けて輝くそれがなにか、判断するのが一瞬遅れた。

「きゃあああああ」

手にしているのは果物ナイフのようで、それを私にめがけて振り下ろした。

「未央奈！」

私の名前を呼ぶ声が聞こえた次の瞬間、大きな背中で視界が覆われる。

「大輝さん？」

名前を呼ぶと、彼が振り向いた。でも彼の表情はいつもとは違って、苦痛にゆがんでいる。

「だ、大丈夫……か」

「はい、あの」

「はぁ、はぁ。ならよかっ……た」

そこまで言葉にした彼は、ふらふらとその場に倒れそうになる。私は慌てて手を伸ばし彼を抱きとめた。

そのとき彼の脇腹の辺りで、ぬるっとした感触がした。手を見ると赤黒い液体が手についている。

「なに、これ」

理解できずに彼の顔を見ると血の気が引いて息が荒く、痛みに耐えるかのように目を細めている。

「お前が……はぁ、無事なら……」

「誰か来て！　誰か！　大輝さん、もうしゃべらないで。やだ、ねえ……」

涙があふれてきて彼の顔がゆがむ。どうしてこんなことになったの。

彼を刺した林様が、駆けつけてきた警備員に取り押さえられている。手には私に向けられたはずの血に染まったナイフがあった。

私をかばって……。ボロボロと涙がとめどなく流れていく。

「大輝さん、大輝さんっ」

彼の手が伸びてきて、ゆっくりと私の頬に流れる涙を拭う。いつもよりも冷たい指先に、彼を失うかもしれないという恐怖を感じる。

「誰か、助けて。大輝さんが、死んじゃう」

「泣くな、はぁ……はぁ。もう未央奈の……泣き顔は見たくない」

「しゃべらないで。傷が……」

すぐに救急隊がやって来て、彼が運ばれていく。離れたくない一心で一緒に救急車に乗り込んだ。

運ばれている間、私は黙ったまま、自分を守ってくれた彼の手をずっと握り続けた。

病院に到着後、すぐに処置室に運ばれた彼。

処置室の扉が閉まった瞬間、私はその場で目眩《めまい》を感じた。

「大丈夫ですか？」

誰かが私に声をかけるが、まともに返事ができない。ここのところ感じていた体調不良がここにきて一気に押し寄せてきたようだ。

薄れていく意識の中でも、私はずっと彼の名前を呼び続けた。

真っ暗な空間の中。私はひとり立っていた。急に明るくなった一カ所に目を向けると、大輝さんが立ってこちらに背を向けている。

よかった、元気そう。ほっとした瞬間、彼が振り向いた。

『大輝さん』

声をかけると彼が笑顔を見せた。私も顔をほころばせ彼に向かって駆け出す。手を伸ばしもうすぐ彼に届くというところで、彼の笑顔が私のうしろに向けられていることに気がついて振り返った。

徳川さん……。

目の前にいる私を無視して、徳川さんに歩み寄る彼。

『待って、大切な話があるの』

その言葉に振り返った彼は青白い顔をしていて、痛みに耐えながら脇腹を押さえている。その手からは血が滲み出て……。

「いやぁあああああ」

悲鳴をあげた私は「飛鳥さん、飛鳥さん、大丈夫ですか?」と声をかけられているのに気がつき、パッと目を開けた。

「飛鳥未央奈さん、気がつきましたか？」

目の前にいるのは看護師さんだ。

「あの……私？」

「処置室の前で倒れられたんですよ。貧血のようです」

あぁ、そうだった。私……。

「先生を呼んできますから。このままもう少し休んでいてください」

看護師さんが出ていった後、私はぼんやりした頭で状況を整理する。

「大輝さん……大輝さんは⁉」

まだけだるい体を起こしてベッドから降りた。すぐにナースステーションを見つけ、
彼が今どこにいるのか確認するために声をかけようとした。

「救急で運ばれてきた患者さん。容態が安定しないので、なにかあればすぐに先生を呼ぶように」

そんな言葉が耳に入ってきて、私は体の力が抜けそうになった。

大輝さん……そんな状態なの。私なんてかばうから……。

泣きそうになりながら、ふらふら廊下を歩く。すると〝御杖大輝〟という名前が目

に飛び込んできた。私は迷うことなくそこに向かい、ゆっくりと扉を開く。

音を立てずに近づき、白いカーテンを開ける。ベッドに横たわる彼の姿を見た私はショックで口もとを押さえながら、近くに寄った。

「こんな……」

青白い顔はいつもと違い生気が失われていて、ともすれば彼がこのままずっと目を開けないような気がして怖くなる。

恐る恐る触れた頬から熱を感じて、ほっとする。彼が生きているのを実感でき、自然と涙があふれてきた。

「死なないで。誰と結婚してもいいから、私を忘れてもいいから……だから、生きていて」

私の涙が頬を伝い彼の顔に落ちた。慌てて手を伸ばしゆっくり涙を拭った後、祈るように目をつむり彼の手を握りしめる。するとわずかに彼の手に力がこもったような気がした。

「大輝さん？」

ハッとして目を開け、眠ったままの彼の顔を見つめた。

「大輝さん、大輝さん」

彼に聞こえているかもしれないと思い、何度も名前を呼ぶ。すると私の手を握り返す手にさっきよりも力がこもる。

まつげがわずかに揺れたかと思うと、彼がゆっくりと目を開いた。その姿を見てまた熱いものが込み上げてくる。

「なに……泣いてるんだ？」

かすれていたけれど、少し低い彼の声を聞いて私の涙が止まらなくなる。

「大輝……さん」

「俺はこのくらいの傷では死なないし、お前以外の誰とも結婚するつもりはない」

「でも看護師さんが——」

「死ぬような傷なら、今しゃべれてないし、もっと大げさな機械がこの辺りにあるはずだろう。ほかの誰かと勘違いしたんじゃないのか？」

たしかに冷静になって周りを見れば、点滴はあるものの物々しい感じはしない。

やっと物事を正しく判断できるようになって、自分がどれだけ慌てていたのか実感する。

「大騒ぎして、ごめんなさい」

自分の勘違いが急に恥ずかしくなった。

「でも……よかった。生きていて」

それが本音だった。ほっとしてまた泣いてしまう。

「泣くなよ、痛っ」

体を動かした彼が、痛みに耐えるように顔をゆがめる。

「だ、大丈夫ですか！　看護師さんを——」

「いや、いい」

「でも！」

「いいから。今俺に必要なのは、医者でも看護師でもなく。お前だよ、未央奈」

いつもよりも力ない彼の手が、私の手をゆっくりと引き寄せた。ぎゅっと握られた手に力がこもり、ぬくもりを感じる。

「あぁ、よかった」

真っ赤に染まった手を見たとき、彼の死が頭をよぎった。無事だと知って、安堵で体の力が抜け、やっぱり涙が止まらない。

「ふっ、勝手に人を殺すな」

彼がやわらかく笑って、つないでいた手を離し私の涙を拭う。

「泣くなよ。最近お前の笑っている顔見てない。なぁ、笑ってくれ」

急に涙は止まらないので、私はそのまま無理やり笑った。

「ふふ、すごい顔だな」

「ひどい」

笑えって言われたからがんばったのに。でも彼が笑ってくれたならそれでよかった。

「未央奈は、ケガないのか？」

「はい。大輝さんがかばってくれたので」

「ならよかった。俺の方も見た目ほど重傷じゃない。まぁ、俺もあれがなければ危なかったけどな」

彼がベッドサイドのテーブルに置いてある箱に手を伸ばす。

「これが俺を守ってくれた」

深い紺色のベルベットの箱には、ナイフの傷がついている。

「これは？」

最近自社で結婚式用に新しく取り扱い始めた、ジュエリーのサンプルだろうか。

「中、開けてみて」

言われるままに開いてみる。そこには立爪の大きなダイヤの指輪があった。このような仕事をしていてもあまり見ない大きさのダイヤに、目を奪われる。

「綺麗」

「内側、見て」

言われてリングの内側を見てみる。

そこには【TAIKI TO MIONA】と刻印されていた。

「え、なに、なんで?」

「なんでって、お前にプロポーズするためだよ」

彼の言葉の意味がわからない。頭の中が混乱してうまく考えがまとまらない。

「でも、あの……徳川さんは?」

「それは誤解だ。後で詳しく説明するとして、俺が生涯ずっと隣にいてほしいのは未央奈、お前だけだよ」

「大輝……さん」

突然のプロポーズに喜びと驚きで、声が出ない。代わりに一度止まりかけていた涙があふれだした。

「また泣くのか?」

あきれたように彼は笑ったが、それでも私の涙は止まらない。

「だって、うれしくて。私また、大輝さんと一緒にいていいの?」

「いいもなにも。俺は別れたつもりなんてこれっぽっちもなかったからな」

たしかに彼は〝別れる〟とも〝距離を置く〟とも言わなかった。ただ『好きにすればいい』とだけ。

「それなのに、お前は話も聞かずに部屋を出ていって、俺がどれだけ傷ついたと思う?」

「……ごめんなさい」

彼の気持ちを考えていなかったのだと、今さらながら気がつく。

「まぁいいさ。おかげでプロポーズする決心がついたし、この通り命拾いもした」

彼は指輪の箱についた傷を指でゆっくりなぞった。

「この箱、新しいのを買い直さなきゃな」

笑った彼に、私は首を振る。

「大輝さんを守ってくれたので、この箱は私がこのまま大切にします」

私の言葉に笑みを浮かべた彼が、箱から指輪を取り出した。

「手を出して」

言われるままに差し出す。

「未央奈、結婚しよう。もうお前に偽物なんて言わせない」

熱い目に見つめられ、想いを伝える彼。いつだって愛を告げる彼の言葉はまっすぐで私の胸の奥に届く。

出会ったのは偶然だった。でも恋に落ちたのは必然。だってこんな素敵な彼を好きにならないなんて、どんなに努力したって無理だから。

「大輝さん、私あなたの本物になりたい」

「なに言ってる、俺にとってはずっと未央奈は本物だ」

彼が私の左手の薬指にダイヤの指輪をはめた。初めて感じるその重みが彼の想いが詰まったものだと思うと、何物にも代えがたい宝物だ。

「なぁ、返事は？　俺と結婚するよな？」

まるで決定事項かのような言い方が彼らしくて安心する。

「はい。よろしくお願いします」

聞きたいことがたくさんあるけれど、今はどうでもよかった。彼だけを信じたい。きっとそれが私にとって一番の幸せだから。

「未央奈。こっちに」

彼が私の手を引いて、近くに来るようにと催促する。

私が体を近づけたら、彼は手を伸ばし私を抱きしめようとしたが。

「つぅ、……痛い」

「あたり前です。ケガしてるんですから」

「久しぶりにこんなに近くにいるのに、抱きしめることすらできないなんて」

心底残念そうに言う彼に、私は思わず笑った。

「私も残念です。だから早く元気になって」

私は彼の唇に自らキスをした。

「わかった。治ったら覚悟しておけ」

「……はい、待ってます」

甘い会話の最後に、キスを交わす。彼は私の手を握ったまま眠りについた。


三日後、大輝さんの退院を翌日に控えた日。

私は午後からの出勤の前に、野迫川社長と一緒に大輝さんの病室を訪れていた。

大きな果物のかごと、仕事の資料が、野迫川社長からの見舞いの品としてテーブルの上に置かれている。

「いやぁ、まさか刺されるとは……。学生の頃女子たちがお前を巡って修羅場になったときよりもすごいな」

「なんですか、その話。詳しく知りたいです」

初めて聞く大輝さんのエピソードに思わず食いついた。

「それがさぁ――」

「野迫川、余計な話をするなら追い出すぞ」

大輝さんの言葉に「怖いっ」と野迫川社長が私のうしろに隠れた。

「えー聞きたかったのに」

「今度ナイショで教えてあげるね。また焼肉行く？」

「はい、いいんですか？」

大輝さんの話が聞けるなら喜んでいく。しかし彼は不満顔だ。

「おい、堂々と浮気かよ」

「浮気だなんて心が狭いな。こんな男やめて僕にしない？」

野迫川社長からのこのお誘い、もう何度目だろうか。お約束みたいになっている。

「お前、まだ未央奈をあきらめていないのか？　出禁にするぞ」

ふたりがいつものように言い合っている姿を見てほっとする。刺された脇腹は幸い傷が浅く、大事には至らなかった。

「おお、怖い。いや真面目な話、犯人は今回二回目だし傷害事件だから、おそらく実刑になるだろうって。あとは御杖家の弁護士がうまくやるだろうけど」

「そうですか。すみません、大輝さんを巻き込んでしまって」

私をかばってこんなケガを負ってしまい、申し訳ない。

「気にするな。お前になにかあった方が、俺にとっては問題だ」

うれしくて思わず彼を見つめたら、彼も見つめ返してくれる。とても大切にされているのが伝わってきて、喜びと同時に恥ずかしさも感じる。

「あ〜あ、ふられた僕の前でいちゃつかないで」

「嫌なら帰ればいいだろ」

大輝さんの言葉に野迫川社長はむっとした。

「せっかくお見舞いに来てくださっているのに、失礼ですよ」

「そうだ、僕にそんな口きいていいのかよ。徳川さんのこと僕からも証言してやろうと思ってきたのに」

「……徳川さんですか」

大輝さんの方を見ると、彼が真剣な顔になった。

「ちゃんと話をできてなかっただろ。俺もうやむやにはしたくない」

たしかにまだその問題が残っていた。もう彼の気持ちを疑うことはないけれど、やはりそこはクリアにしておきたい問題だ。

「実は徳川さんには、ずっと好きな人がいたんだ。ただ実家に反対されていて、それで俺との見合いの話が出た」

野迫川社長が大輝さんを手伝うように補足する。

「個別の縁談話なんかも、うちの会社の仕事のひとつなんだ。それで大輝の親父さんに言われて、僕が徳川さんと大輝の見合いをセッティングした」

いまだに大企業では家同士のつながりを大切にし、それによって業務を拡大していくことも少なくない。

「俺は安直に、未央奈がいれば向こうはあきらめてくれると思ったんだが、それが逆に裏目に出た」

「裏目に？　どうして……もしかして」

「あぁ、たぶん想像通り。結婚後は誰と付き合おうと干渉しないから、自分も好きにさせてほしいって」

私はまさか彼女がそんな申し出をしていたとは思わず、心底驚いた。

「そんな顔になるのも無理ないよな。もちろん俺は断った。未央奈を愛人にする気なんてこれっぽっちもなかったからな」

はっきりと言いきってくれてうれしい。

「おかしいと思ったんだ。見合いが成立しないなんてよくあるのに、彼女はものすごく大輝にこだわるから」

野迫川社長も間に挟まれて大変だったのか、肩をすくめている。

「それで彼女の事情を聞き出し、向こうの恋人も含めて時間をかけて話をして、いろいろと準備を手伝っていた。今頃ふたりはアメリカだな」

「えっ！　駆け落ちですか？」

「まぁ、そうなるな。徳川さんの個人的な話になるから、勝手に話ができなかった」

たしかに徳川さんからすれば慎重に進めたい計画だ。あまり人に知られたくないのは理解できる。

「やっとOKが出てその説明をするつもりだったのに、未央奈が全然聞く耳を持たないからややこしい話になったんだ」

恨めしそうに見られて、申し訳ない気持ちになる。

「ごめんなさい。もしものことを考えたら聞くのが怖くて」

「飛鳥ちゃんが悪いんじゃない。不安にさせた大輝が悪い」

野迫川社長が加勢してくれるが、大輝さんはそれが気に入らないらしい。

「おい、部外者が口出すな。ややこしくなる」

「ひどいな。こんなひどい男置いていこう。飛鳥ちゃん」

時計を見れば、そろそろここを出なければいけない時間だ。

「そうですね。遅刻してもいけないし」

バッグを手に取ると、彼が引き留める。

「おい、もう行くのか？　冷たいな」

「仕方がないでしょ。私がヘイムダルホテルで働けるのはあと少しなんだから」

「あぁ、もうすぐ飛鳥ちゃんの出向期間が終わるんだっけ。リッチロンドに戻るの？」

野迫川社長の問いかけに、私は首を振った。

「いいえ。ブライダル事業への参入が見送られたので、私の戻る場所なくなっちゃいましたから。転職活動します」

「なるほど、あ。僕のところなんてどう？　飛鳥ちゃんならいつでもオッケー」

「え！　先日の申し出まだ有効ですか？　それはありがたいです」

「やめておけ、こいつ仕事に関しては俺よりも厳しいぞ」

たしかにそうだった。普段のほほんとして見える野迫川社長は、仕事となったら別人格が憑依しているかのようになる。

「またすぐに邪魔する。ほら、もう行こう」

野迫川社長に引っ張られて、出口に向かう。振り向くと彼が軽く手を上げて、笑っていた。

騒々しい見舞いになったが、きっといい気分転換になっただろう。

私は廊下を歩き出したが、ふと思い立ち足を止めた。

「忘れ物したみたいなんで、先に行ってください」

「え、待つよ」

「いいえ、ちょっと時間がかかりそうなので。では、また」

私は頭を下げて、今来た廊下を戻りもう一度彼の病室に向かう。扉を開けて顔を出すと、ノートパソコンに向かっていた大輝さんが驚いた顔をした。

「忘れ物か？」

「はい。大事なものを」

私が近づくと彼が不思議そうにこちらを見た。顔を傾けて彼の唇にキスをする。一瞬目を見開きびっくりした彼を見て、少しおかしくなる。いつも私が驚かされてばかりだから、してやったりだ。

「なるほど、キスがしたくて帰ってきたのか？」

「お見舞い手ぶらだったから」

言い訳にもならない言い訳をして、私が微笑むと彼がうれしそうに笑う。

「見舞いって言うなら、もっと効き目のありそうなのにしてほしいな。例えば、こういうのとか」

「えっ……」

突然頭のうしろに手を回されて、ぐいっと引き寄せられた。そして躊躇なく唇を奪われる。舌でくすぐり割り入れて、口内をあますところなく味わう彼。ドキドキしすぎて胸が苦しくなる。だけど……このまま続けていたら午後からの仕事に集中できなくなってしまう。

「……はぁ、もう。終わりっ」

やっと彼の腕をほどき、座っていたベッドから立ち上がる。

「なんだよ、もうギブアップか？」

「これ以上は退院したときの楽しみがなくなるでしょう？」

強がってみせる私に、彼が笑いをこらえている。

「そうだな。たしかに」

「だから、早く元気になって。力いっぱい抱きしめて」

「わかった」

彼の頬にひとつキスを落として、私は今度こそ病室を後にした。

ヘイムダルホテルで勤務する最後の日。豊川様と小田様の挙式が行われた。

前日まで入念に打ち合わせをし、始まるぎりぎりまでチェックをして、天川課長や香芝さんがフォローをしてくれたおかげでふたりの最高の笑顔を見ることができた。ふたりから花束をもらったときは思わず滝のような涙を流して、多くの人に笑われてしまった。

お客様を見送り、片づけを済ませる。みんなが順番に退社していく中、私は最後まで残り、思いつく限りの仕事をした。

最後にあちこち歩いて回る。受付からサロン、事務所に廊下。エレベーターにまで思い出がある。ここにいたのは一年にも満たないのに、ちゃんと自分の居場所になっていたのだと改めて思う。

ステンドグラスの美しいチャペルにたどり着いて、真ん中に立ち周囲を見渡す。

自分の担当したカップルや、天川課長、香芝さん、ほかのスタッフ。それに大輝さんの顔が次々に思い浮かんだ。

最初は不本意だった。彼氏に振られたばかりで、結婚とは縁遠い私になんの試練だとさえ思った。でもあのときここに来る決心をしてよかった。たくさんの失敗や成功を経験して、人の人生の節目に携われる仕事の素晴らしさを知れた。

これも大輝さんの後押しがあったからだ……。

いや、あれは背中を押してくれたというより煽られた感じだけど。

「なに感傷的になってるんだ」

コツンと足音を響かせてやって来たのは、今頭に思い浮かべていた大輝さんだった。

「いいんですか、寝てないで」

「ああいつまでもベッドの中じゃ仕事がたまる一方だ」

「ベッドの中でも仕事していたじゃないですか」

退院して職場には来ていないものの、ずっと寝室にパソコンを持ち込んで仕事をしていた。

彼はゆっくりと歩いてきて、私の隣に立つ。

「今日までお疲れさま」

「はい、ありがとうございます」

笑って答えるつもりだったのに、涙が滲んだ。

「最近のお前は泣いてばかりだな。出会った日に外の中庭で派手なマイクパフォーマンスしていた女とは思えない」

「それ、いつまで言うつもりですか？　忘れてください」

あのときは元カレと後輩の仕打ちに耐えられずに、大人げなく爆発してしまった。あの後のスタッフの苦労を思うと、申し訳ない気持ちになる。

「忘れるわけないだろ。あんな強烈な出会い」

大輝さんが私の前に立ち、上からじっと見つめてきた。

「あのときからだ。いや、実はもっと前から決まっていたのかもしれない。俺と未央奈が出会って、ここにいるのは……運命なんだろうな」

彼が私の手を取り、指を絡める。赤い糸なんて信じるほど子どもじゃないけれど、もしあるなら今の私たちの糸はしっかりとつながっているのだと思える。

「そうだといいな。私が大輝さんの運命だったらいいのに」

彼が私の手を引いた。バージンロードを歩き、祭壇の前で足を止めた。向かい合って見つめ合う。

ふたりしかいないチャペル。外の街灯の明かりがステンドグラスを通して中に差し込んできた。室内はわずかな明かりしかつけていないので、余計にステンドグラスの光が印象的だった。

互いに言葉もなく視線を絡ませる。惹かれ合う心と同様に唇も引き寄せられ、やがて重なった。甘いキスに心が震える。数えきれないくらいしたはずなのに、いつも胸がどうしようもなく高鳴る。

そして私は実感する。彼が好きなのだと。そして彼も私を好きなのだと。

「未央奈、好きだ」

キスの合間に彼が紡ぐ甘い言葉に、全身が溶けだしてしまいそうだ。

「ん……私も、好き」

「あぁ、わかってる。だけどもっと言いたい」

彼が一度唇を離し、濡れた唇を指で拭った。私の頬を彼の大きな手が包み込む。

「愛してる。一生、ずっと」

その言葉を聞いた瞬間、また唇が重なった。さっきのキスとは比べられないくらい激しいキス。彼の気持ちが私の中に流れ込んできて、体中が満たされていく。

どうして彼から離れても生きていけると思ったんだろう。こんなにも彼が好きで仕方ないのに。

誰もいないチャペルでふたりきり。互いへの想いを伝え合った。

「どうしても行きたいところって、こんなところでよかったのか?」

「こんなところで悪かったねぇ。でも来てくれてうれしいよ」

屋台のおじさんがニコニコと注文を聞いてくれて、私と大輝さんはいつものメニューを頼んだ。

「ん〜これこれ、最後にこれが食べたかったの!」

スープをレンゲですくって飲むと、私はその味を噛みしめた。

「最後って、別にいつでも来られるだろ」

「たしかにそうだけど、職場が変わったら足が遠のくかなって。だから食べたかったの。付き合ってくれてありがとう」

「いや、俺も好きだから。ここのラーメン」

私たちの会話を聞いていた大将が、うれしそうに「サービス」と言って、ふたりに一枚ずつチャーシューをのせてくれた。

「ところで、転職はどうするつもりだ?」

今日でヘイムダルリゾートへの出向は終わり、それと同時にリッチロンドを退職する。よって明日から私は無職になるわけだが。

「ブライダル業界に絞ってやっていくつもりですけど、このご時世なんで厳しいでしょうね。でも絶対にあきらめませんけど」

やっと見つけた自分の天職。納得できる職場に就職できるまでがんばるつもりだ。

「まあヘイムダルホテルほどの職場は、なかなか見つからないでしょうね。でも、応援してくれますよね？」

「奇遇だな。ちょうどうちもスタッフを新しく募集するつもりなんだ。優秀な人が欲しいんだけど」

寝耳に水の話だ。しかし気になることがある。

「もちろんまたヘイムダルホテルで働きたいですけど、でも同じ職場だといろいろ問題になりませんか？」

「年明けから、俺はホテル部門の経営戦略室長専任になる。それが親父が出した未央奈と付き合う条件だ。まあ、もともと近いうちにそうなる予定だったし、直属の上司でなければ問題ないだろ」

「じゃあ私、またみんなと働けるんですか？」

「まあ、試験にパスしたらだがな」

「うれしい！　がんばらなきゃ」

今日しんみりしたのも忘れがぜん張りきる私を見て、彼はおかしそうに笑った。

「それともうひとつ、ちょうど俺の奥さんも募集してるんだけど、興味ないか?」

ラーメンを食べていた私は、思わずむせる。

「ごほっ……もう、いきなりなにを言いだすんですか?」

バッグからハンカチを取り出して拭い、慌てて水を飲んだ。内心ドキドキしているけれど、落ち着いたふりをして彼の方を見る。

「それは先日採用されたと思ったんですが、私の間違いですかね?」

ネックレスに通している指輪を見せる。

「それとも私がどっちかひとつを選ぶ女だと思ってるんですか?」

大輝さんが口角を上げて楽しそうに笑う。

「そうだな。なんにでも全力を出すいい女だったの、忘れるところだった。早く入社日を決めよう」

大輝さんは私が手にしているネックレスの先にある、エンゲージリングを手に取りそこに口づけた。

「食べ終わったなら早く帰ろう。ふたりになりたい」

ささやくように言われて、恥ずかしくて頬が赤くなる。私はごまかすように席を立った。

「いいですけど、まだいろいろお預けですよ」

「ほ～いろいろってなんだろうな。帰りながら教えてもらおうかな」

わかっているくせに、今日もやっぱり彼は意地悪だ。

互いに笑い合い、手をつなぎ月明かりに照らされながらふたりの部屋へ帰った。


それからの私のひと月は本当に目まぐるしかった。

まずはヘイムダルリゾートへの再就職の試験を受け、無事合格を勝ち取りまたみんなと大好きなブライダルの仕事に携われるようになった。

それに加え大輝さんと話し合い、マンションを引き払って同棲を再開させた。仕事をしながらの引っ越し作業はなかなか大変だったけれど、彼とまた暮らせると思うと苦ではなかった。


充実して幸せな日々。そんな日常を送り一年が経っていた。

「はぁ～疲れた。もう一歩も動きたくない」

仕事から帰ってくるなり、私はそのままリビングのソファにダイブした。さすがに自分が担当の挙式を一日二件こなしたら、体力も精神力も帰宅時にはほぼゼロになる。

しかしそのぶん満足度も二倍。幸せなカップルを近くで見られるのが、この仕事をしていて一番うれしい。

とはいえ……疲労感は半端ないのだけれど。

「おーい、未央奈。なにか食べるか？」

出張から直帰した大輝さんは、今日は帰宅が私よりも早かった。すでにくつろぎモードに入っている。

「ううん。いらない。こんな時間からだと、明日むくんじゃうから。それよりもお風呂に入りたい」

「そう言うと思って、準備はできてる」

「大輝さん大好き」

本来ならば私の比較にならないほど忙しい立場の彼なのに、ついつい仕事を優先して家事がおろそかになる私をフォローしてくれる。

「ほら、早く入って」

「ん〜でもしばらく動けないかも」

一日中ヒールで走り回って疲労困憊の体は、一度ソファに座るとなかなか動きだせない。

「今日もよくがんばったんだな」

彼がソファに座り、私を抱き寄せる。大きな手のひらで頭をなでられて気持ちよくて思わず目を閉じる。

「きゃあ、えっ⁉　なに？」

ほっとしたのもつかの間、大輝さんがいきなり私の体を抱き上げた。落ちないよう反射的に彼の首に手を回す。

「疲れてるみたいだから、俺が風呂に入れてやるよ。優しいよな、俺」

機嫌よく私をバスルームに連れていく彼。一方私は、これまでのバスルームでの彼の数々のいたずらを思い出し、全力で拒否する。

「あの、大丈夫！　なんだか急に元気になったから。ひとりで入る。下ろして」

「無理しなくていい。俺が隅から隅まで綺麗にしてやる」

いや、だからそれされると私の体力が持たないんだってば！

どうにか断ろうと必死になってあれこれ考えたけれど、すぐにバスルームに到着してしまった。

彼は私を洗面台に座らせ、服まで脱がし始めた。

「ほんとに、自分でできるから」

私が止めてもおかまいなしに、手早くジャケットを脱がせた後ブラウスのボタンに手をかけた。

「いいから、じっとして。脱がすのは俺だけの特権だろ」

なにやら鼻歌まで歌いだしそうな勢いで楽しそうなので、もう任せることにした。抵抗するだけ無駄だと私は学んでいる。

私がおとなしくなったのをいいことに、彼はそそくさと私を一糸まとわぬ姿にして、あっという間に自分の服も脱ぎ捨てた。

そして私を抱き上げてバスルームに向かい、熱いシャワーの下で優しく丁寧に……そしてちょっといやらしく、私の体を綺麗に洗う。

「……はぁ、ねえ。そんなにじっくり洗う必要ある？」

「ん？　ほら、俺綺麗好きだから」

そんな話初めて聞いた気がする。

「……ん、ねぇ。今日は痕つけないでね。明日は大事な日なんだから」

首筋に舌を這わせる彼にお願いする。

「今日じゃなければいいんだな。了解」

「そういうわけじゃ……はぁ。んっ」

自分の熱のこもった声が、バスルームにこだまする。

「もう、いいでしょ。ねぇ」

背後から私を洗う彼を振り返り見る。そろそろやめてもらわないとのぼせてしまう。

「わかったから、そういう目で見ないでくれ。もっとしたくなる」

お願いを聞いてくれた彼が、コックをひねりふたりの上にシャワーが降り注ぐ。彼は私を振り向かせ唇を重ねた。

「綺麗だ」

「丁寧に洗ってもらったからかな?」

「違うだろ。俺がお前を愛してるからだ」

「んっ……」

またそのまま唇を塞がれた私は、必死になって応える。

そんなことを繰り返しているうちにバスルームから連れ出され、気がつけば寝室のベッドの上だった。

「ねえ、明日早いのわかってる?」

「あぁもちろん。でもそれとこれとは話は別」

妖艶な笑みを浮かべる彼。普段ならかっこよくて流されてしまうけれど、今日はそうはいかない。

「お願い」

私は彼を見つめてその頬に手を伸ばす。真摯に頼めば通じるはずだ。

しかし——。

「はぁ。かわいい。悪いけど逆効果だ」

「え……ちょっと、待って……んっ」

さっきの自分の行動のなにが悪かったのだろうか。反省する間もなく、結局彼に身を任せてしまった。

どうしてこんなことに?と、思う半面。結局のところ彼が好きな私はあらがうことができずに、体と心の隅々まで愛された。


ヘイムダルリゾートに再就職してからの一年は、本当にあっという間に過ぎ去った。

経営戦略室の専任となった大輝さんは、この間専務取締役に就任しこれまで以上に忙しそうだ。

私は相変わらず……失敗もしながら、日々顧客の笑顔のために走り回っている。

そんな私だったが、今日はいつもと立場が違う。自分が主役の一日——大輝さんと私の挙式の日だからだ。

今日だけは楚々《そそ》とした花嫁になるはずだったのに、やっぱりじっとしていられずにオートクチュールのウエディングドレスのまま、あちこち動き回っていた。

「香芝さん、食事のアレルギーだけどもう一度チェックしてもらっていい？　それからアルコールは招待客に取引先の方がいらっしゃるから、メーカーも再度確認……

あぁ、ごめんね。忙しいよね。私が行く」

「ストップ」

動きだそうとした私を止めたのは、漆黒のタキシードに身を包む大輝さんだ。突然現れた彼に周囲の皆がため息を漏らすほど、いつもの何倍もかっこいい。

いけない、私まで見とれている場合じゃなかった。

「でも――」

「はい。かわいい花嫁さんは〝でも〟は言わない。こういうときは自分の仲間を信頼するものだ。違うか？」

彼の言葉にハッと気づかされる。周囲を見ればニコニコと笑って私たちを見ていた。

「今日はプランナーの飛鳥さんではなく、新婦だろ」

「はい。そうでした」

肩をすくめた私を見て、天川課長改め天川部長も笑っている。

「よければなにかお飲み物をお持ちしますが、いかがですか？」

「いえ、大丈夫です。なんだか花嫁の自覚をしたら緊張してきました」

これまで何度も結婚式を見てきたが、自分のはもちろん初めてだ。そして仕事柄いろんなことが気になって、やっぱりあれこれ心配してしまう。

「では、ご主人様と一緒に過ごしてリラックスなさってください」

天川部長はじめ、スタッフが頭を下げて出ていき、控室には大輝さんと私のふたりきりになる。

「うちのスタッフは本当に気がきくな。ほら、こっちに」

彼が手を引いて私をソファに座らせた。そして彼も隣に座る。

「緊張してるのか？」

「あたり前じゃないですか、大輝さんのご両親もいらっしゃるし、招待客ももう……はぁ、思い出すと胃が」

「仕事じゃないんだから難しく考えるな。今日はもう俺だけ見ていればいい。それともマイクを使って大声で叫ぶか？」

出会ったあの日のことを言っているのだとわかり、私は頬を膨らませた。

「いつまでそれ、覚えているつもりなの？」

不機嫌に睨む私にも、彼の目は優しくこちらを見つめている。

「いつまでだって忘れない。未央奈との思い出はずっと胸の中にある。年を取ってほかのことは忘れても、お前と過ごした日々だけは全部覚えている自信がある」

「大輝さん……」

「いつも一生懸命で、不器用で、甘えるのが下手で。でもそこがすごくかわいくて。気がつけばいつも目で追っていた」

彼と出会ったとき、私の人生はまさにどん底だった。それでも前を向いて歩いてきた。それをずっと隣で見てくれていたのが大輝さんだ。

「私もこれからの人生、あなたとずっと寄り添っていきたい」

私がそう告げると、彼がやわらかく微笑む。

窓から差し込む光が、彼を眩しく照らす。ゆっくりと彼の顔が近づいてきて、私はそっと目を閉じる。誓いのキスまで待ちきれない。

そっとふたりで交わしたキスは、永遠に続く幸せの味がした。

END

特別書き下ろし番外編

星に願いを、彼女に愛を～旦那様は特別デートで奥様を癒したい～


精も根も尽き果てるというのはまさにこのこと。

朝から披露宴をこなし、その後打ち合わせを三件。来週にはアイデュナミスとの婚活パーティーも予定されている。もちろん業務時間内に仕事が終わるわけもなく残業をこなし帰ってきた。疲れきった私は、行儀が悪いのを承知の上でそのままソファにダイブした。

「アイス食べたいけど、取りに行けない」

疲れすぎて動きたくない。でも今日は大輝さんが海外から二週間ぶりに帰国する日。彼が帰る前に帰宅できたのはよかったけれど、なにもする気が起きない。

「ごはん作らなきゃ……」

そう思うものの、あと少しだけ休憩しようと目を閉じた。

「未央奈。ただいま」

「んっ……おかえりなさい」

大輝さんの声で目が覚めた。

彼がこちらを覗き込んでいて、まだ寝ぼけている私の額にキスを落とす。

そこでハッとして飛び起きた。大輝さんがよけたのでぶつかることはなかったが、驚いた顔をしている。

「ごはん、できてないっ！」

せっかく二週間ぶりに会うから、夜食くらいは作って出迎えたかったのに。ソファで眠りこけていたなんて……。

「なんだ、そんなことか」

「そんなことじゃないよ……」

さすがに落ち込む。普段から家事が行き届かず、見かねた彼がハウスクリーニングや家事代行を手配してくれている。

「今日くらいは、ちゃんと出迎えたかったのに」

思いが伝わったのか、彼は隣に座って私の肩を抱き寄せた。

「その気持ちだけで十分だ。未央奈の気持ちはうれしいが、俺はお前に家事をしてもらうために一緒にいるわけじゃない。それよりも家ではふたりでゆっくりしたい」

「うん」

「お前が家事してたら、誰が俺の相手するんだよ」

わざと拗ねたような言い方をする旦那様の優しさに、私は頬を緩めた。

「おかえりなさい。大輝さん」

「ただいま、未央奈」

私たちは抱き合って、会えなかった二週間分のキスを交わした。


翌日は公休日。珍しく大輝さんもお休みだ。二カ月ぶりに休みが重なり、私はウキウキしながら朝食の準備をする。

チーズトーストにサラダにスープ。デザートにはキウイを添えた。飲み物は彼にブラックコーヒーを、自分にはミルクたっぷりのカフェオレを用意した。

「いただきます」

ふたりでゆっくりと過ごす時間。特別でもなんでもないけれど、大切な時間。

「今日はなにするの？」

休みの日でも忙しくしている彼なので、期待しないで予定を聞く。

「今日は未央奈と出かける」

「え、本当に⁉」

思いがけないことでうれしくて声をあげた。

「あぁ、だから食べたら準備して」

「うん」

気持ちが急いていつもよりも早く食べ終えた私は、鼻歌交じりに身支度を整える。

そのとき私は大輝さんと一緒に過ごせるのがうれしくて、詳しく行先まで聞かなかった。しかしすぐに到着した場所で驚かされることになる。

「羽田《はねだ》……空港？　え、いったいどこに行くの？」

サングラスをして運転する彼に尋ねると、わずかに笑って「いいところ」とだけ答えた。

車を停めて空港の入口に到着した私たちは、すぐにスタッフに出迎えられた。そしてそのまま通常の搭乗口ではなく、まさかの整備場に案内される。

目の前に現れたのはプライベートジェットだ。もちろん一度だって乗った経験などない。

彼との生活には慣れたつもりだったが、驚くようなことがまだあるなんて……。

「あの、大輝さん？」

行き先すらわからず、とりあえず彼の腕に手を添える。

「いいから、楽しみにしてろ」

スタッフとなにか話をする彼を見ながら、私はこれからどこに連れていかれるのか不安になる。遠出するなんて思っていなかったから、ストライプのコットンのワンピースにサンダル、手荷物は小さなかごバッグだけ。軽装すぎる。

操縦士とスタッフと挨拶を交わして機内に乗り込む。内部に一歩足を踏み入れた私は、思わず感嘆の声を漏らした。

「すごい……」

乏しい語彙力のせいで、単純な言葉しか出てこない。

体を丸ごと包み込む明るいベージュの革張りシート。大きなモニター。サイドの窓からは外の景色がよく見える。

「ほら、座って」

「うん」

キョロキョロと落ち着かない私をおもしろがる彼が、席に着くように促した。すぐにシートベルトを着用するように言われて素直に従う。

ほどなくして機体がゆっくりと滑走路を走り出した。

「わぁ」

まるで初めて飛行機に乗るときのような感動の中、私は我に返った。

「で、どこに行くの？　私たち」

「あぁ、そうだったな」

通路を挟んだ右側に座る彼が笑いながら答える。

「沖縄《おきなわ》だよ」

まるでふらっと近所に行くような言い方だ。

「え！　嘘」

「ここ最近、仕事で疲れている最愛の妻へプレゼントだ」

微笑んだ彼を見て胸が甘く疼いた。

「ありがとう、大輝さん」

仕事も家事もがんばりたい。欲張りな私はときどき空回りをして落ち込む。

そんな私の性格を彼はよく理解していて、こうやって息抜きに連れ出してくれる。

本当にできた夫なのだ。

「礼は必要ない。俺も久しぶりに未央奈とゆっくりしたかったからな」

運ばれてきたシャンパンで乾杯し、私たちの旅が始まった。

三時間と少し空の旅を楽しんだ私たちは、沖縄の地に降り立った。空港を出た私たちを出迎えたのは、真っ白いリムジンだった。

広い車内なのに大輝さんは当然のように私を隣に座らせた。

「それで、どうする？　ゆっくりしたいならコテージにこのまま行くけど」

「今日、泊まるの？」

「あぁ、心配するな。お前の休みは天川部長にお願いしておいた」

なんて根回しが完璧なのだ。感心しながらこの後のことを考える。

「せっかく時間があるなら、あれが食べたいです。ソーキそば」

「また麺類がいいのか。まぁ未央奈らしいよな」

大輝さんは少しあきれたように笑ったが、すぐにドライバーに内線で店に案内するように伝えている。

「あぁ、観光客が行くところじゃなくて、地元の人が行くようなところがいい」

やっぱり彼は私の好みをよくわかっている。私は到着するまでわくわくしながら外の景色を楽しんだ。

「わぁ、おいしそう」

目の前に運ばれてきたソーキそばを前に、いやが上にもその味に期待が膨らむ。澄みきったスープにとろりとしたソーキ、紅ショウガ。

「いただきます」

手を合わせてさっそくいただく。

「カツオ出汁《だし》なんだ。おいしいね。大輝さん」

感激して思わずうなり声をあげる。

「あぁ、なかなかだな。しかしあいかわらずおいしそうに食べるよな」

「だって、おいしいんだもの」

「ずっとそのままでいてくれ。未央奈と一緒にいればなんだって最高だからな」

「もう」

恥ずかしくて、顔に熱が集まるのを感じた。

結婚しても今なお、大輝さんはときどきこうやって私をからかうのだ。ちらっと見ると機嫌よさそうにしている。まぁ、彼が楽しいならいいか。

そこから少し散策した後、リムジンに乗って今日の宿であるプライベートコテージがあるオーベルジュに到着した。

市街地から離れていて、周りは宿泊施設が多い。そのぶん静かでゆっくり時間が流れている。

今日私たちが宿泊するのは海沿いの丘に建つヴィラだ。広大な敷地に建物は十棟のみ。各部屋には国内最大級のプライベートプールが備わっている。

「たまにはヴィラもいいだろ」

仕事柄旅行先でも他社のサービスが気になり、ホテルに宿泊する機会が多い。そのため今日のような宿泊施設は新鮮だ。

天井までの大きなガラスから、室内に光が降り注いできている。目の前には大きなプールがあり、その向こうには輝く海が見える。

「なんて素敵なのっ！」

思わず窓辺に駆け寄って、外を眺める。興奮した私の隣に立った大輝さんも「なかなかいいな」と満足げだ。

「せっかくだから泳ぎたいけど、水着――」

「もちろん用意してある」

彼がクローゼットの方に視線を移したので、駆け寄って扉を開くとそこには私の着替えが用意されていた。

「何日分の洋服なの？」

旅行は一泊二日の予定だ。それなのにクローゼットには何着もの洋服が準備されていた。

「いいだろ、絶対どれも似合うだろうし」

たしかにどれも私の好みのものだ。大輝さんが選んだものはいつも間違いない。

中を見ていると水着があった。それを手に取って絶句する。

「これ……」

「似合いそうだろ？」

似合う似合わないよりも、あまりにも面積が少なすぎる。

「あの、これ……私の？」

「もちろん」

満面の笑みを浮かべた大輝さんだったが、これを着るのには勇気がいる。

「これはちょっと。私には無理かな。フロントに水着の販売かレンタルがないか聞いてみる」

「別に俺しかいないんだからいいだろ。俺が見たいって言ってるのに」

たしかにプライベートプールだからほかの誰かの目に触れるわけじゃない。それに彼に頼まれると私は弱いのだ。もちろん彼もそれをわかっている。

「もう今回だけだからね」

あきらめた私がそう言うと「そうこなくちゃな」と彼はうれしそうに笑った。

さっそく水着に着替えた。白のレースの水着は清楚でかわいらしくもあるがいかんせん布の面積が少ない。バスローブを着てプールサイドに出ると、大輝さんはすでにプールで泳いでいた。私が来たのに気がついたのか、その場で立ち上がる。

その姿に思わず目がとらわれた。彼の髪から滴る水が夏の日差しに照らされてキラキラ輝いている。水に濡れた均整の取れた男らしい体に視線が惹きつけられる。まるで一枚の写真のように美しい。

「遅いぞ」

「あ、うん」

彼がプールから上がってきた。なんとなく直視できずに目を逸らす。

「なんだ、そんなもの着て」

どうやらガウンの着用を快く思っていないらしい。

「だってやっぱり恥ずかしくて」

私が背中を向けると、彼は背後から覆いかぶさるようにして私に手を回す。

「いいから、見せて」

背中側から回した手で、ガウンの紐をほどき脱がせる。

「似合ってる。素敵だ」

肩口に小さなキスを落とされて、思わずビクッとしてしまう。

「そんなかわいい反応されると、さっさと部屋の中に連れ込みたくなるな」

小さく笑いながら言う彼の言葉は、半分は本気だ。

「それはやだ。せっかくだから泳ぎたい！」

貧乏性の血が騒ぐ。こんな素敵なプールがあるのに泳がないなんてもったいない。

「だったら、さっさとしなきゃなっ」

彼は言うや否や、私を抱き上げてそのままプールにダイブした。

「きゃあああああ！」

私の黄色い声と盛大な水しぶきの音があがるのはほぼ同時だった。

それから私たちは時間も忘れて、子どものようにはしゃぎ大きな声で笑い楽しんだ。

「はぁ、疲れた」

休憩しようとプールサイドにあるデッキチェアに座り、大輝さんが頼んでくれたビールで乾杯した。

パラソルの隙間から見える青い空、わずかにそよぐ風。隣には最愛の人。まさにここは地上の楽園。

ふと視線をプールの先のビーチに向けると、ウエディングドレスとタキシードで歩く人影が見えた。ふたりの前にいるのはカメラマンだろうか。

「大輝さん、あれウエディングフォトですかね。あ〜いいなぁ。どんなにがんばっても、ヘイムダルホテルでこの青空は無理だもの」

自分たちが手掛ける結婚式に自信がないわけではない。けれどリゾートウエディングで叶うロケーションだけには勝てないと思う。

「また仕事の話か。うちの妻は俺よりもワーカホリックだな」

「ご、ごめんなさい。休みに来てるのに」

いつでもどこでも仕事のことを考えてしまうのは自分の悪い癖だという自覚はある。

「いいや、そういうところも愛おしいよ」

彼の顔が近づいてきて、私に優しいキスをした後抱きしめた。

それから食事の時間まで、私たちは日頃の忙しさから解放されて穏やかに過ごした。

夕食は沖縄の食材を使った創作フレンチ。海ブドウを食べたのは初めてだったが、おもしろい食感に東京に買って帰ろうと心に決めた。

食事の後部屋に帰るのがもったいなくて、私たちはコテージの近くにあるビーチを手をつないで歩く。こんなにゆっくりとした時間を過ごすのは久しぶりのことで、互いにこれまでにないほどリラックスしていた。

しばらく歩いた先で、ふたり砂浜に腰を下ろす。まだ熱を持ったさらさらとした白い砂が気持ちいい。

月が辺りを照らしていて、とても幻想的でロマンチックだ。まるで映画のワンシーンのようで、互いに言葉もなく寄り添い合う。

隣にいる大輝さんにもたれかかると彼が肩を抱き寄せた。少し高めの体温がとても心地いい。

「今日、本当に素敵な一日だった」

「そうだな。お前の笑顔が見られたから、俺にとってもいい日だった」

ちらっと彼を見ると満足そうにやわらかい笑みを浮かべている。私の好きな彼の笑顔だ。

「帰りたくないな」

「ああ。でも未央奈のことだからすぐに仕事したくなるだろう」

彼の言う通りだ。すでに、ここで受けたインスピレーションで浮かんだ案を、スマートフォンのメモに落とし込んでいる。

「たしかにそうですけど。でもやっぱり、ふたりっきりでのんびり過ごせて本当に幸せだなって」

彼が私を抱く腕に力を込めた。こうやって喜びや好意を伝えたらすぐに返してくれる彼が好きだ。

満天の星の下でふたりっきりで過ごす特別な時間は、なににも代えがたく贅沢だ。

「あ……あれ、流れ星」

「あぁ、空気が澄んでいるからはっきりと見えるな」

「流れ星、お願いできなかったな。でも三回も言うの無理かも」

これまで一度も言えたためしがない。苦笑いの私を見て彼が笑っている。

「心配するな。お前の願いは星になんか願わなくても、俺が全部叶えてやるから」

普通の人が言ったら、なんて傲慢なんだろうと思うかもしれない。でも彼ならきっと私の願いをすべて受け止めてくれるだろう。

「嘘だと思ってるのか?」

「そんなことない……んっ」

いきなり唇を塞がれて、驚いた私が目を見開く。

「今キスしたいと思ってただろ?」

あきれた私は思わず笑ってしまった。

「大輝さんがしたかっただけじゃないの?」

「いや、未央奈の願いを叶えただけだ」

あくまでしらを切るつもりらしい。でもそういう彼も好きだ。

「じゃあ、もう一回してください」

彼は戸惑うことなくもう一度私にキスをした。そして私を抱きしめると、耳もとでささやいた。

「未央奈、愛してる」

星空の下、彼の愛のささやきを聞いた私はこの上なく幸せな気持ちで、夫の愛を受け止めた。

END

あとがき

はじめましての方も、お久しぶりの方も。このたびは『俺様御曹司のなすがまま、激愛に抱かれる~偽りの婚約者だったのに、甘く娶られました~』をお読みいただきありがとうございます。

今回「仕事は一生懸命、しかし恋には不器用」な女性をイメージして生まれたのが、この作品のヒロイン未央奈です。

しょっぱなから派手なあれこれを繰り広げますが、それも「恋の終止符を自分で打つ」という男前なヒロインだからこそのエピソードとして楽しく書きました。

恋も仕事も失敗して傷つきながらも、自分で答えを出して前に向かっていく主人公。ヒールで駆け回るお仕事ヒロインは、書いていて楽しかったです。

舞台は高級ホテルのブライダル事業部。ぶ厚い結婚情報誌を端から端まで読みながらイメージを膨らませました。

きらびやかなドレスや、会場など見ているだけでわくわくしました。女性の夢しか詰まっていなかった！

今回表紙を描いてくださった海月あると様、主役ふたりのイメージを伝えるのが超絶下手なのですが、ヒーローもヒロインも素敵に描いてくださいました。ふたりの色っぽい仕上がりに大満足です！　ありがとうございました。

プロット段階からここまで、たくさんの方に支えられ形にできました。いつも締め切り間際に、はらはらさせてすみません。

そしてこの本を手に取っていただいた、読者の方々。書店に足を運んでくださった方はもちろん、電子で読んでいただいた方も楽しんでいただけましたか？

今後もわくわくするような本を書けるよう精進いたしますので、お見かけの際はよろしくお願いします。

感謝を込めて。

高田《たかだ》ちさき

高田ちさき先生への
ファンレターのあて先

〒104-0031
東京都中央区京橋1-3-1
八重洲口大栄ビル7F
スターツ出版株式会社　書籍編集部　気付

高田ちさき先生

本書へのご意見をお聞かせください

お買い上げいただき、ありがとうございます。
今後の編集の参考にさせていただきますので、
アンケートにお答えいただければ幸いです。

下記URLまたはQRコードから
アンケートページへお入りください。
https://www.berrys-cafe.jp/static/etc/bb

ベリーズ文庫

俺様御曹司のなすがまま、激愛に抱かれる
～偽りの婚約者だったのに、甘く娶られました～

2023年3月10日　初版第1刷発行

著　　者　高田ちさき
©Chisaki Takada 2023

発 行 人　菊地修一

デザイン　カバー　ナルティス
フォーマット　hive & co.,ltd.

校　　正　株式会社鷗来堂

編集協力　八角さやか

編　　集　前田莉美

発 行 所　スターツ出版株式会社
〒104-0031
東京都中央区京橋1-3-1　八重洲口大栄ビル7F
TEL　出版マーケティンググループ　03-6202-0386
(ご注文等に関するお問い合わせ)
URL　https://starts-pub.jp/

印 刷 所　大日本印刷株式会社

Printed in Japan

乱丁・落丁などの不良品はお取替えいたします。
上記出版マーケティンググループまでお問い合わせください。
定価はカバーに記載されています。

ISBN 978-4-8137-1403-3　C0193

ベリーズ文庫 2023年3月発売

『剛腕御曹司は飽くなき溺愛で傷心令嬢のすべてを満たす～甘くとろける熱愛婚～』 滝井《たきい》みらん・著

社長令嬢の優里香は継母と義妹から虐げられる日々を送っていた。ある日、政略結婚させられそうになるも相手が失踪。その責任を押し付けられ勘当されるも、偶然再会した幼馴染の御曹司・尊に再会し、一夜を共にしてしまい…!? 身も心も彼に奪われ、気づけば溺愛される毎日で──。

ISBN 978-4-8137-1402-6／定価737円（本体670円＋税10%）

『俺様御曹司のなすがまま、激愛に抱かれる～偽りの婚約者だったのに、甘く娶られました～』 高田《たかだ》ちさき・著

浮気されて別れた元彼の結婚式に出て、最悪の気分になっていた未央奈。そんな時見るからにハイスペックな御杖に出会い、慰めてくれた彼と甘く激しい夜を過ごす。一夜限りの思い出にしようと思っていたのに、新しい職場にいたのは実は御曹司だった御杖で…!? 俺様御曹司に溺愛される極上オフィスラブ！

ISBN 978-4-8137-1403-3／定価726円（本体660円＋税10%）

『双子を極秘出産したら、エリート外科医の容赦ない溺愛に包まれました』 皐月《さつき》なおみ・著

ある事情から秘密で双子を出産し、ひとりで育てている葵。ある日息子が怪我をして病院に駆け込むと、双子の父親で脳外科医の晃介の姿が！ 彼の子であることを必死に隠そうとしたけれど──「君が愛おしくてたまらない」再会した晃介は葵と双子に惜しみない愛を注ぎ始め、葵の身も心も溶かしていき…!?

ISBN 978-4-8137-1404-0／定価726円（本体660円＋税10%）

『離婚直前、凄腕パイロットの熱烈求愛に甘く翻弄されてます～旦那様は政略妻への恋情を止められない～』 一《いち》ノ《の》瀬《せ》千《ち》景《かげ》・著

大手航空会社・JG航空の社長に就任予定の叔父を支えるため、新米CAの美紅は御曹司でエリートパイロットの桔平と1年前に政略結婚した。叔父の地盤も固まり円満離婚するはずが、桔平はなぜか離婚を拒否！ 「俺は君を愛している」──彼はクールな態度を急変させ、予想外の溺愛で美紅を包み込んで…!?

ISBN 978-4-8137-1405-7／定価726円（本体660円＋税10%）

『職業男子図鑑【ベリーズ文庫溺愛アンソロジー】』

ベリーズカフェの短編小説コンテスト発の〈職業ヒーローとの恋愛〉をテーマにした溺愛アンソロジー！4名の受賞者（稗島ゆう子、笠井未久、蓮美ちま、夏目若葉）が繰り広げる、マンガ家・警察官・スタントマン・海上保安官といった個性豊かな職業男子ならではのストーリーが楽しめる4作品を収録。

ISBN 978-4-8137-1406-4／定価715円（本体650円＋税10%）